あのころの僕は

小池水音

集英社

あのころの僕は

外からの日を受けて、ステンドグラスが赤や青や緑の色をいっそう鮮やかにさせていた。生々しい色だとおもった。割ったオレンジの果肉のような、花弁のすぼまった奥のあたりのようなそれらの色を、きれいではなく恐ろしいと感じた。繋いでいる父の手は力なく、これならばポケットにつっこんでおくほうがいいとおもった。実際にそうしようとして、でもやっぱり憚《はばか》られる気持ちがあって握ったままにした。

おもしろいこともいくつかあった。壇上にいる神父の着るシャツには襟がなかった。襟のないシャツなんてそれまでみたことがなかったから、なにかの手違いだろうとおもった。その可笑《おか》しさを伝えようと、後ろの席にいるえり叔母さんのほうをふりかえり、白いポロシャツの襟をつまんでみせた。意図は伝わったのかどうか、えり叔母さんはただ前を向くようにと指をさすジェスチャーをした。そのこっそりした仕草も可笑しかった。それでも声を出して笑うことはしなかった。それがとんでもないことだというのは、あのころの僕にもわかっていた。聖歌が終わり、聖書の朗読が終わった。それから神父が話をした。話はあまり聞いていなかった。それよりも、神父が話すあいだに背後のはしばしから響く、すすり泣く声を数えていた。

いつかきっと、いろんなことがわかるようになる。周囲にいた大人の誰かが、あのころの僕にそう言った。それが正確にいつ、誰に言われたことかは覚えていない。それでもその言葉だけは五歳だった僕の胸に残り、折に触れて思い出しては、意味するところを少しずつ理解していった。言葉は、記憶は、いつもそうだった。意味も効力ももたない空箱が、次第に中身が詰まり、重みをもつようになる。居場所をもつようになる。じぶんで握りしめることも、誰かに手渡すこともできるようになる。

出棺のときがくると誰かが僕のからだを抱えて母の顔に寄せた。母は白い木でできた棺に横たわり、そのからだは参列者が順番に置いていった花によってほとんど埋もれていた。花はまるでもう動くことのない母の、動かないことの言い訳のためにそこにあるみたいだった。しっかりみておこうね。そう声をかけたのは、父方の祖母だったとおもう。最後だからね。けれど火葬場でもう一度、母の顔を覗きこむ機会があった。さっきのは最後ではなかったのだと、母の白い顔を眺めながら僕はおもった。

母を入れた棺は銀色の壁の向こうに吸いこまれていった。係のひとがなにかを言い、僕らはその場から立ち去った。壁の向こう側について、僕に説明をしてくれる大人はいなかった。三月のよく晴れた日だった。晴れていてよかったと、教会を出たとき、バスに乗っているあいだ、火葬場についてから、すべてが終わって車寄せに出てから——参列したひとびとは口々にそう言った。

晴れていてよかったのだ。僕は口に出さずそうおもった。母を花で埋めることができてよかったのだ、神父のシャツに襟はなくてよかったのだ。弔問客を見送るあいだも僕は父の手を握っていた。手は空箱のように軽く、僕のほうが力をこめなければならなかった。

母親を亡くした子どもの日々は慌ただしいものになる。

母がいなくなってから僕は、四つの家を行き来して日々を過ごすようになった。父と暮らす家。父の妹のえり叔母さんの家。にぎやかな父方の祖父母の家。物静かな母方の祖母の家。それぞれの家に僕のおもちゃがあり、絵本があり、アニメのビデオがある。それぞれの家に僕のパジャマがあり、歯ブラシがあり、ベッドから見上げるべき天井がある。

おとうさんはいま、お仕事がすこし忙しいの。父と過ごす時間が少ないことについて、周囲の大人たちはそう説明した。父は旅行雑誌をつくる仕事をしていた。もともと出張が多く家を空けることは多かったけれど、母が死んでしまって以降、僕が顔を合わせるのは週に二、三度ほどになっていた。父の顔はたしかにやつれてみえた。口数も減った。そして、空気となって漂う父の寡黙さを許容量を超えて吸いこんでしまったみたいに、あのころの僕は父とうまく話せなくなっていた。

大人たちの言う忙しい、忙しいとは、こういうことだったのか。そんなふうにおもいながら、マンションからマンションへと移動した。大人たちはみなそれぞれに優しかった。甲斐甲斐しく世話を焼き、おかずも、おやつも、つぎからつぎへと差し出してくれた。そうしてあのころの僕は、すこしずつ太っていった。お腹のまわり、太もも、首、頬。すべてが温水を詰めた水風船のように膨らんだ。かわいらしいじゃない。大人の多くはそう言って、僕がたくさん食べることを喜んだ。母親を亡くした子どもが痩せてしまうよりかは、太っていたほうが大人は安心できるらしかった。

あのころの僕の日々はつまり、欠けるというよりも溢《あふ》れていた。母がいなくなった空白に流れこむようにして、ほかの家族や、幼稚園の友だちの家族や、あるいは母の友人たちが僕のもとを訪れ、あるいは招き、多くを差し出そうとした。一方で僕は、大人たちのほうこそじぶんを必要としているのだと気づいてもいた。僕がたくさんお菓子を食べ、賑やかに遊ぶぶんだけ、大人たちは安らいだ表情を浮かべた。

みんなが天《てん》くんのことを愛しているのよ。あるとき、父方の祖母は僕に言った。みんなが与えてくれる愛というものはもしかすると、僕のからだいっぱいに詰めても収まりきらないものであるかもしれなかった。


初恋は五歳の秋に訪れた。すくなくとも大人たちは、それを初恋だと僕に言った。さりかちゃんは、僕の通う幼稚園に年長組の二学期にやってきた転入生だった。

園舎のホールに集まったみんなのまえで、園長先生がさりかちゃんを紹介した。さりかちゃんは、イギリスという国からきました。年少組と年中組の先生が大きな世界地図をふたりがかりで掲げる。みんなの住んでいるのは、と園長先生が言って日本列島を指さすと、にっぽん、と男の子が叫ぶ。そう、日本。さりかちゃんが住んでいたイギリスはここですね。そうして示された位置は、大陸を挟んで日本列島の反対側に浮かぶ島国だった。

飛行機に乗ってきたのよね。そう園長先生が声をかけると、さりかちゃんは控えめに頷く。さりかちゃんはイギリスでは英語を話していたので、日本語がそれほど得意ではないそうです。わからないことがあったら、みんなが教えてあげてくださいね。

園長先生がそう話すのに、子どもたちは歓声をあげるみたいに返事をした。

耳の下あたりで切り揃えられた髪。落ち着いた色のTシャツと、ジーンズというシンプルな格好。ほとんど笑うことのない無愛想な表情。それに、転入生であること。ともすれば遠ざけられてもおかしくない彼女のそれらの特徴は、むしろみんなの関心を惹いた。さりかちゃんが困るのを見つけては、われさきに手伝おうとした。親切を受けるとさりかちゃんはすこし困ったような表情で、ありがとう、とつぶやいた。「が」にアクセントの置かれたありがとうをみんなが聞きたがった。

僕は彼女のことを遠くから眺めていて、僕みたいだと感じていた。つぎからつぎへと差し出されるたくさんの親切を、関心を、この女の子もまた抱えきれずにいるのではないかとおもった。さりかちゃんの戸惑いが僕にもわかる気がした。どんな順番で誰に視線を移し、返事をしたらいいのか。子どもらしく喜んでいいのか、それとも大人みたいに落ち着いて感謝の意を示すべきなのか。お絵描きに夢中な様子を装うことでみんなの関心から遠ざかろうとする彼女の様子が、ときおり僕の目に留まった。

さりかちゃんと仲良くなったきっかけは、お弁当だった。

母が死んでしまって以降、僕は同級生の親たちのつくるお弁当を食べることになっていた。週にいちどある「お弁当の日」。それに、月にいちどの近隣の公園への遠足の日。教会付属のこぢんまりとした幼稚園だったからか家族同士の結びつきは強く、保護者たちが話し合ってはじまったそのような厚意は、年長組の一年間ずっとつづいた。えり叔母さんはだからいつも、同級生のおかあさんたちに深々と頭を下げていた。あのころの僕ほど多くの家庭のお弁当を食べたことのあるひとは、まずいないにちがいなかった。

はじめのうち、僕はお弁当がじつにさまざまであることに驚いた。巾着や包みの柄。お弁当箱そのもののかたち、素材。四角いもの、細長いもの、楕円に二段弁当。細かい仕切りやアルミカップ。おかずにまで目を向ければまさしく千差万別で、お肉の量や野菜の種類はそのまま、子どもがその家庭から受け取る愛情を目にみえるかたちで表現しているみたいだった。

けれどあるときから僕は、お弁当の見た目も、味でさえも、ほとんどおなじだと感じるようになった。それらはまるで限られたおなじ色の色鉛筆だけを使って描いた絵のようだった。描くモチーフや巧拙にちがいはあったとしても、教室の壁に並べて貼られたら大差なく、一様に鮮やかなだけのお絵描きの絵。温かく、手がこんでいて、そして普通だった。それぞれの家庭の描く普通を、僕は特別に分け与えてもらっていた。

いつものようにぶっきらぼうな表情のさりかちゃんが、穏やかな笑みを浮かべた彼女のおかあさんに手を引かれて門からはいってくるのを、僕は園舎の玄関からみていた。九月の末、近隣の公園への遠足の日だった。お弁当はさりかちゃんの家からもらうことになっていた。

天くん、おはよう。さりかちゃんのおかあさんが満面の笑みを浮かべて言う。さりかちゃん親子は、ほとんど瓜二つの顔をしていた。だからこそふたりの表情のちがいはいつも際立ってみえた。おはようございますと僕は返して、さりかちゃんのほうを向く。さりかちゃん、おはよう。そう言いかけて、言葉が詰まった。彼女とぴったり目が合っている。そのはずなのに、さりかちゃんの瞳がどこかずっと遠くに向けられているように感じた。彼女はそのままさっさと靴を履き替え、教室に向かって歩いていってしまう。いってらっしゃい。彼女のおかあさんがそう声をかけても、返事はなかった。

さりかちゃんのおかあさんは困ったような笑みを浮かべたまま、こちらに向き直って言った。たくさん詰めちゃったから、お腹いっぱいになったら気にせず残してね。僕が受け取った小ぶりなトートバッグには、見慣れない赤や黄や緑や紫色をしたキャラクターのイラストがプリントされていた。ありがとうございます。そう言ってしまっかり頭を下げると、ご丁寧にどうも、とさりかちゃんのおかあさんはおかしそうに言う。そろそろ朝の会がはじまると年長組の先生にうながされて、僕は教室へともどっていった。

いつもの公園に着くと体育の先生の呼びかけにしたがって、からだを動かす遊びをした。夏めいた日差しが豊かに降り注いでいて、みんな半袖のTシャツ姿になって駆け回った。日一杯運動する、芝生のうえでお弁当を食べる、自由時間に好き好きに遊ぶ。最後に集まって紙芝居をみて、幼稚園に帰る。ただそれだけのささやかな遠足だった。

お弁当の時間、僕はおなじ年長組の男の子たち三人と芝生のうえにレジャーシートをくっつけていた。さりかちゃんはやや離れた場所で、ほかの女の子たちと大きな島を作った。リュックを開き、トートバッグを取り出す。僕の胸が静かに高鳴る。実のところ園を出発するまえからずっと、僕はお弁当をはやくみたくてしかたがなかった。

さりかちゃんは飛行機に乗ってやってきた。その事実に、僕はずっと強い関心を抱いていた。飛行機！　母がまだ生きていたころ、自転車の後ろの席で空に飛行機をみつけると僕はかならず叫んだ。すると母はいつも自転車を道路の脇に寄せて、ひととき空を見上げた。どこだろう、みつからないなあ。僕は必死で腕を伸ばして、あそこ、ともどかしく示す。じぶんの目ではこれほどはっきりと捉えているものをひとに伝えるのが、どうしてこれほど難しいのだろうとおもう。いた！　その声を聞くとようやく安心して、腕を下ろせる。

天くんがもうすこし大きくなったら、飛行機に乗って外国に旅行をしよう。空を見上げながら母がそう話したことがあった。どれぐらい大きくなったら？　僕が尋ねる。母はすこし考えてから言う。旅行でみたことや聞いたこと、天くんがたくさん覚えていられるようになったらかな。母は自転車をゆっくりと漕ぎ出す。もう大丈夫だよ。僕が言うと、そうか、もう大丈夫か、と母は笑った。

結局、母が生きているあいだには訪れなかった飛行機に乗るという体験を、さりかちゃんはもうしているのだ。そのことへの敬意のような感覚と、朝、園舎の玄関でみたさりかちゃんのおかあさんの素敵な笑みがまぜこぜになり、僕に大きな期待を抱かせていた。ただのお弁当ではないはずだという予感があった。

予感は正しかった。さりかちゃんの家のお弁当は、トートバッグから取り出したその瞬間からすでに、僕の知るものとはかけ離れていた。ほとんど正確な立方体。真っ青な蓋。全体に透き通っていて、中身を覗くことができる。そのお弁当箱は実のところ、タッパーと呼ぶべきものだった。僕はお弁当を目のまえに掲げてみる。日の光を受けて輝く容器のなかに、サランラップに包まれたサンドイッチが、ぎっしりと詰まっている。皮のまま輪切りにしたバナナとくし切りのオレンジが、サランラップに包まれて空いたスペースを埋めている。

僕は静かに、しかし大きな驚きを抱いていた。蓋を閉じたままのお弁当の中身が、外側からすっかり見て取れること。それはなんて便利で、なんて胸が躍ることだろうとおもった。あらゆる箱がこのように透けていたらいいとおもった。すべてのお弁当箱が透けていたら、好きなおかずを楽しみにも、苦手な食べ物に心構えもできる。すべての引き出しがあらかじめ透けていたら、探しものの手間は減る。父が籠るようになった書斎。銀色の壁の向こう側。あのころの僕の日々には、内側を見透すことのできないたくさんの箱があった。はじめからすべてが透けていたならば、いちいち想像して思い悩む必要もなくなるはずだった。

ひとつ目のサンドイッチを取り出す。分厚いパンのあいだには赤い、ツナに似たなにかが挟まっている。目にしたことのないその具材に僕はほんのすこしためらい、けれど結局は勢いよく齧《かじ》りつく。パンはかためで噛みごたえがある。薄く塗られたバターのまろやかな香りを感じる。それから例のツナのような具材の味わいが、僕の口を満たす。柔らかな塩気。バターよりも複雑な成り立ちの脂の香り。噛めば噛むほどに塩気と香りは交互に鼻を抜けて、まるで永遠に湧いてくるように感じる。刻んだピクルスがときおり酸味と、食感の楽しさを与えてくれる。そのコンビーフサンドは本当においしかった。まるで経験したことのない味わいだった。

それから、ラタトゥイユのサンドイッチを食べた。ピーナッツバターとブルーベリージャムのサンドイッチを食べた。オレンジを食べて、バナナを食べた。立方体をした透明のそのお弁当箱は、サランラップの殻だけを残してすぐさま空っぽになった。

蓋をした弁当箱を僕はいまいちど眺めてみる。さきほどまでぎっしりと詰まっていたあの素敵なサンドイッチはすべて、僕の口から飲みこまれ、いまお腹をいっぱいに満たしていた。あらたに出合ったおいしさの余韻が、僕の頭をすこしぼうっとさせていた。水筒にはいった麦茶をひと口、ゆっくりと飲む。なにかの思いがお腹の底から湧きあがってくる。僕はお弁当箱をトートバッグにもどして、立ち上がった。靴のかかとを踏んだままで、さりかちゃんのいるレジャーシートの島へと向かった。

さりかちゃんはまだ二つ目のサンドイッチを食べているところだった。その背後に僕は立ち、さりかちゃんの手のなかにあるコンビーフサンドの断面をじっとみた。火を入れるまえのハンバーグのような艶《なま》めかしい赤色をみていると、さきほどの味わいが口のなかによみがえってきて、もう目を離すことができなくなった。天くん、どうかしたの？　声をかけてきたのは、女の子たちの島に加わっていた年長組の先生だった。尋ねられてはじめて僕は、じぶんがいったいなにをしにきたのかと考えることになった。とにかくなにかを伝えないといけないとおもう。しかし、具体的な言葉はなにひとつ浮かばなかった。さりかちゃんがやや振り向くような角度で、立っている僕を見上げていた。黙ってそばに立つ僕を鬱陶しがるようなその瞳が、いっそう僕を焦らせた。周りのほかの女の子たちの視線など、さりかちゃんの冷たい目と比べたらなんてことなかった。

それ。ようやく僕の口から、そのひと言だけがこぼれた。僕はさりかちゃんの手にしているコンビーフサンドを指さしていた。目の粗い茶色いパンと、赤々としたコンビーフ。これが、なに？　口には出さず、けれど彼女の目がそう問うていた。なにか言わなくちゃいけない、この感動をすこしでも伝えなくちゃいけない。そのようにおもいながら、それ、ともう一度くりかえす。蔓《つる》でつながるサツマイモのように、言葉が言葉を引っ張ってきてくれることを僕は願った。

それ、ちょうだい。ようやく出てきた言葉は、じぶんでもまったく思いもよらないものだった。そばにいるみんながぴたりと動きを止めた。僕は頭がまっしろになった。さりかちゃんは食べかけのサンドイッチを指さされて、さらにそれが欲しいだなんて言われて、明らかに戸惑っていた。たしかにサンドイッチはおいしかった。けれど僕には、人の食べかけをもらおうだなんて意地汚い気持ちはさらさらなかった。じぶんの顔が熱くなっているのがわかった。きっと首からおでこまで満遍なく真っ赤に染まってしまっている。気を抜いたら、涙まで出てきてしまいそうだった。

天くん、さりかちゃん家のお弁当がおいしかったのかな。先生がようやくそう助け舟を出してくれた。ふだんとは明らかにちがっている僕の様子に、先生もまた戸惑っているようだった。先生の問いかけについて、どうにか考えてみようとした。サンドイッチはもちろんおいしかった。しかし、僕が伝えたかったのはたぶん、それだけじゃなかった。透き通ったお弁当箱の格好良さ。トートバッグに描かれた不思議なキャラクター。あるいは、今朝幼稚園の玄関でみた彼女のおかあさんの笑顔。飛行機。頷けばいいのか、首を振ればいいのか、わからなかった。それで僕はそのまま、その場を立ち去ることにした。

もといたレジャーシートにはもどらずに、遠くに立つ大きな木をめがけて全速力で駆けた。かかとを踏んだままの靴が脱げそうになるのを、足先に力をこめてとどめた。背後で先生が僕を呼ぶ声が聞こえた気がした。その声を遠ざけたくていっそう強く腕を振り、地面を蹴った。お腹が重たかった。すぐ近くにおもえたはずの木がどこまでも遠く感じられた。

ようやく到着した木の裏側に回りこんで身を隠す。大人がふたり両腕を回しても届かないほどの太い木だった。息がきれ、なにも考えることができなかった。お腹いっぱいで走ったためか、脇腹がきりきりと痛んだ。僕はしゃがみこみ、じっと足もとに視線を落とす。荒くなった息はしばらくしずまりそうになかった。

木は枝を四方八方に大きく広げていて、木漏れ日を通さない濃密な影を地面に落としていた。後頭部を預けると幹はかたく、中身がぎっしりと詰まっていることが伝わる。僕は真上をみる。重なる枝葉のはしばしに星のような光が散らばっている。あのたくさんの光はしかし、地面に落ちた影に穴を開けてはいない。そのことを不思議におもい、僕は何度か上をみたり、下をみたりをくりかえした。

ちょうだい。そんなことを口走ったのが信じられなかった。恥ずかしかった。すべて忘れてしまいたかった。けれどどうしても、ついさきほど食べたさりかちゃんの家のあのお弁当が、頭から離れなかった。お弁当箱をトートバッグから取り出して、そして口に運ぶまでの一連の記憶が濃密に頭を駆け巡った。口で味わうだけでなく目から、鼻から、あるいは手触りから、あらゆる感覚をとおしてサンドイッチは僕のなかにはいりこんで、いくら咀嚼《そしやく》し、飲みこんでも、もとの美しいかたちを保ちつづけているみたいだった。

　背を預けている幹の向こうから、すでにお弁当を食べ終えた子たちが広場に散って遊ぶ声が聞こえた。僕がこうして隠れているのに構うことなく、誰かが誰かを呼び、言葉にならないはしゃぎ声を行き交わせていた。耳障りだった。僕は左右の手のひらで両耳を塞いだ。周囲のさまざまな音がちがって聞こえた。

　風は僕のそばを避け、すこし離れた場所を吹きすぎてゆくようだった。周囲の木々がたてる葉のざわめきは僕の真上で鳴るものだけが際立って届いた。それらの音の手前で、ごうという低い音が間断なく響いていた。あのころの僕にはそれが自分自身の血流の音だとわからず、目にみえない川がすぐそばを流れているのだとおもった。意識するほどに川は僕のもとへと近づいてくる。やがてからだまるごと川音に飲みこまれて、激しい水流が僕をどこまでも運んでゆくような気がする。

　目も耳も閉ざしたまま僕は、幼稚園の近所に流れる細い川を下る。見知った景色を勢いよく過ぎてゆくとそのまま跳ね上がって、川はアスファルトの道路へと流れこむ。コンクリート塀で挟まれた細い住宅街の道を川はなみなみと満たして、僕の身を浮き沈みさせながら運んでゆく。僕の知るマンションのまえの通りを順に巡る。父の家、えり叔母さんの家、父方の祖父母の家、母方の祖母の家。向かうさきにやがて緑色の壁が現れる。川はためらうことなく密度の高いその茂みをめがけて突き進み、僕のからだはその向こう側へと投げ出される。

僕はまぶたを開き、両耳を塞いでいた手を下ろした。目のまえの景色が眩しく、周囲の音がけたたましく届く。そのとき唐突に、この僕もまた外側があり、内側がある、ひとつの箱みたいなものなのだということに思い当たった。柔らかいぜい肉のついたお腹をさすることはできる。でも、その内側にはいったサンドイッチに触れることはできない。目をつむればサンドイッチの色形を思い浮かべることはできる。けれどそのサンドイッチを取り出して、もういちど食べることは叶わない。あれほどすぐそばに聞こえた川音はもう消え去っていた。けれど流れに運ばれて町をあちこち巡った体感のようなものが、僕のなかにはまだ残っていた。

あげる。独り占めしていたはずの木陰に唐突に声が響いた。視線をあげるとそこには、さりかちゃんがいた。彼女は右手を差し出していた。ラップに包み直した食べかけのサンドイッチが、その手にはあった。じぶんのぶんのお弁当を食べ終えても飽き足らず、そばにやってきて、ちょうだい、とまで宣《のたま》った僕に、彼女のぶんのサンドイッチを渡そうとしてくれていた。あのとき僕はいったいどんな顔をしていたのだろう。驚き、恥ずかしさ、あるいは悲しさ。そうしたすべてが入り交じった表情のまま、僕は身動きが取れなかった。なにかを言わなければならないのはわかっていた。しかし、どうしても言葉をみつけることができなかった。

さりかちゃんは僕の顔をじっとみていた。しかめ面だった。しかし、次第に口もとが歪みはじめると、やがて彼女の口から、ぷ、という音が漏れ、笑い声に変わった。さりかちゃんは笑っていた。ふだん彼女がみせることのない満面の笑みがそこに広がっていた。戸惑っている僕の顔が可笑しかったのかもしれない。よほど情けない顔をしていたのにちがいない。それでも、僕は構わなかった。さりかちゃんが笑っているのだからそれでいいのだとおもえた。

僕は彼女の差し出すサンドイッチを受け取った。本当はもういらないのだと、いまさら弁明する気も起きなかった。僕がそれを口にするあいださりかちゃんはその場にとどまった。そして彼女のおかあさんの料理がいかにおいしいかを僕に話した。いかにも英語らしい発音で僕の知らない料理の名前を挙げては、おいしいよ、とつづけた。なんたらのプディング、おいしいよ。なんたらポテト、おいしいよ。話すあいだずっと、彼女はあの笑みを浮かべていた。料理のことはよくわからなくても、笑顔のままでいてほしくて、僕は大げさな相槌を打った。それは幼稚園のほかの子たちはまだ知らない、僕だけが知る笑顔だった。

えり叔母さんと僕はさりかちゃんの家に招かれた最初の日に、例のサンドイッチのつくりかたを教わった。缶詰のコンビーフを崩して、みじん切りにした玉ねぎといっしょに軽く火にかける。マヨネーズ、黒胡椒、刻んだピクルスと混ぜて、すこしだけレモン汁を加える。僕はそれまで料理に関心をもったことはなかった。けれど台所に立つさりかちゃんのおかあさんとえり叔母さんのそばに張りついて、そのつくりかたを仔細まで眺めた。

さりかちゃんの家のさまざまなものが僕の目に輝かしく映った。マンションの入り口からもうちがっていた。暗い色合いの艶のある石が用いられた玄関。石像みたいな佇まいのインターフォン。滑らかに開閉するエレベーターのドア。部屋のなかはさらに驚きに満ちていた。ダイニングテーブルの脚はこんなに細いのに、どうしてしっかりと立っているのだろう。なぜ広い壁にはかならず、なにかの絵画がかかっているのだろう。

一方で、あのようなお弁当をつくるさりかちゃんのお家なのだから、変わったところがあったって不思議じゃないともおもえた。あのパンが、あのコンビーフという具材が、ラタトゥイユが、ピーナッツバターとブルーベリージャムが、そしてお弁当箱そのものが独特であったのとおなじように、この家のなかには脚の細いテーブルがあり、絵画があり、繊細なつくりの照明や重厚なカーテンがあるのだと僕は納得した。

さりかが笑ってくれるようになったのは、天くんのおかげです。さりかちゃんのおかあさんがえり叔母さんに言い、ぜひ一度家に遊びにきてほしいと話した。えり叔母さんもまた僕が例のサンドイッチをしきりに褒めるのを聞いていて、よかったらつくりかたを教えてもらいたいと言った。あんなものでよければよろこんで、とさりかちゃんのおかあさんは言い、その週末に僕らを招いてくれた。

えらいわね、えりさん。幼稚園のほかのおかあさんたちからえり叔母さんがそんなふうに言われるのを、僕はよく耳にした。たしかに五歳の僕の面倒なら、祖父母たちに任せたってよかったはずだった。えり叔母さんはもともと広告デザインの仕事で忙しく働いていたが、母が死んでしまうすこしまえから、おなじ会社のべつの部署に移った。夕方までに仕事を終え、僕の面倒をみられるようにしたらしかった。

天の母親とはとっても仲良しだったんです。えり叔母さんはいつもそうとだけ返した。父方の祖母にも似たようなことを言われていた。あなたが無理したってしょうがないんだからね。うちなら、天くんがずっといてくれたって、大歓迎なんだから。ねえ。祖母がそう言って僕の頭を撫でるとき、えり叔母さんは冗談めかして言った。だめよ、おかあさんたちのところでばっかり過ごしたら。天がわたしたちきょうだいみたいに、ひねくれ者に育っちゃう。えり叔母さんが言うのに、失礼ね、と祖母は呟く。えり叔母さんはつづけた。天には天のおかあさんみたいに、朗らかで、たのしい子になってもらわなくちゃ。

そのように言って僕の面倒をみながら、それでも抱えてきた少なからぬ悩みを、えり叔母さんはさりかちゃんのおかあさんに相談していたのだとおもう。ふたりは日増しに親しくなっていった。それはさりかちゃんと僕が仲良くなる勢いに劣らないほどだった。

幼稚園で遊び、さらに幼稚園から帰ったあとも週に二日か三日、さりかちゃんの家で遊ぶようになるまでに時間はかからなかった。父の家。えり叔母さんの家。父方の祖父母の家。母方の祖母の家。僕が日常を過ごすそれらの家に、さりかちゃんの家が五つ目の家として加わったようなものだった。

そうしてあのころの僕がいっそう落ち着かない思いをしたかというと、それはちがった。さりかちゃんと出会ってから、僕は忙しさを忘れることができていた。さりかちゃんと遊ぶときと、そうではないとき。日々をそのふたつに分けられるようになると、物事はずいぶんシンプルになった。

さりかちゃんと僕が仲良くなれた理由。それは日本語でどうにか言葉を探すさりかちゃんを、僕が誰よりも忍耐強く待っていられるからだった。彼女の家で遊ぶようになってしばらくして、さりかちゃん自身がそう説明してくれた――幼稚園のみんなは、さりかのこと、いろいろしてくれるでしょう。言いたいこと、さきに言っちゃうでしょう。だけどさりかは、じぶんで言いたいの。天くんは待っててくれる。さりかは急がないで、言いたいことを言える。

さりかちゃんが言葉を探して黙っている時間が、僕は好きだった。彼女の頭のなかで、音を立てるみたいにしてなにかが激しく渦巻いている。ブロックが組み合わさるように言葉が上に下に、右に左にくっつきあって、やがて喉まで運ばれてくる。実際に口に出されたそれが一見、意味の通じないものだったとしても、さりかちゃんは相手の雰囲気をすぐさまみてとり、また新たに頭のなかに渦を巻かせた。外側からは目の届かない、手で触れることもできないさりかちゃんの内側から言葉が出てくるのを待つのは、あのころの僕にとって苦痛でもなんでもなかった。

やがて僕たちは、互いの身に起きたことについて、すこしずつ話すようになった。僕の母は、今年の三月に死んでしまった。さりかちゃんのおとうさんは、ひとりでイギリスに残ることを選んだ。僕たちはそれぞれ親をひとり失っていた。そのこともきっと、僕らの結びつきを深めていた。死別と別居ではもちろん事情は異なる。けれどあのころの僕らにとってはどちらも、じぶんたちの意思では動かしようのない、受け入れるほかない重大な運命にちがいなかった。

母は脳にがんができて死んでしまったのだと僕は話した。母方のおばあちゃんがお葬式の最中に教会で倒れてしまったのだと話した。おとうさんは仕事が忙しいのだと大人たちは言うけれど、たぶん病院に通っているのだと話した。じぶんはそんなおとうさんとちかごろうまく話せないのだと話した。

さりかちゃんもまだ拙かった日本語で、熱心に話してくれた。イギリスにいたころ、さりかちゃんが寝たあとで両親がくりかえしていた喧嘩について。おとうさんが仕事に出かけるとき、おかあさんにハグをしなくなった日について。あるいは、イギリスで住んでいた一軒家について。れんがのお家。暖炉があって、キッチンがとても広い。パパは、そこに残った。あとから来るって、ママは言ってた。でもそれは嘘だった。

さりかちゃんがはじめ笑顔を隠していたのも、それが理由だった。おとうさんと別れて暮らすことに、さりかちゃんはどうしても納得がいかなかった。そのようにはじまった日本での生活には気に食わないことが数多くあった。暮らすのが一軒家ではなく、マンションの一室であること。幼稚園の庭が狭いこと。なにより、日本語がおぼつかないこと。それらの不満の表明として、さりかちゃんは笑顔を隠した。

でもそれももうやめることにしたのだと、彼女は言った。天くんがいるから、さりかはもういいの。その言葉は僕を誇らしい気持ちにさせてくれた。この素敵な家に住み、飛行機に乗ってやってきて、あのお弁当を食べて暮らしている女の子が、じぶんのことを認めてくれている。それは母が死んでしまってから、あるいは、それ以前の日々に照らしてみても、僕の身に起きたこれ以上なく素晴らしい出来事だった。


九月が終わり、十月が過ぎてゆく。仲良くなってまだ一ヶ月も経っていないというのに、さりかちゃんと僕はまるできょうだいのように遊ぶ。彼女の家ではいつもテレビゲームをした。といってもテレビゲームをやったことのなかった僕は、さりかちゃんがゲームを進めるのをほとんどただ眺めるばかりだった。日本にきて最初に見つけたいい良いものはゲームだったと、さりかちゃんは話した。

そのころさりかちゃんが熱心に遊んでいたのは、緑色の服を着た勇者が敵のはびこる街や村を救ってゆくロールプレイングゲームだった。ゲームをしているさりかちゃんをそばでみていて、僕はとても驚くことになった。彼女はゲームのなかの世界をほとんど知り尽くしていた。いくつもの街。街から街へといたる途中の原っぱや洞窟の道のり。ゲーム内の昼と夜の時間のちがい。かばんにしまわれた多種多様な道具。それらの知識を彼女は自由自在に引き出して、ゲームのなかを縦横無尽に駆け回っていた。

さりかちゃんが進めるのをただ眺めるだけでも、僕はまったく飽きることがなかった。どうしてさりかちゃんはゲームのことが全部わかるの？　あるとき僕がそう尋ねると、さりかちゃんは本棚から一冊の本を持ってきた。ママがね、ゲームは一日三十分までって言うの。だから、これを読むの。

分厚いその本を手に取り、めくってみる。それは基本的なゲームの進めかたから膨大な知識、裏技まで、画像つきで詳細に示す攻略本だった。でもあのころのさりかちゃんは、まだ日本語がおぼつかず、ひらがなやカタカナの読み書きにも時間がかかっていた。僕にだって読めない漢字がたくさんあるこの本をまるごと読んでいるのが、信じられない気がした。

疑問は彼女が実際にゲームで遊んでいるのをみているうちに、自ずと晴れていった。彼女のゲームにかける熱はすさまじかった。最も効率的な方法を常に模索し、三十分という限られた時間でどのような目的も果たすことができた。こんな集中力があれば、知らない文字が躍る攻略本でもなんでも解読してしまえるはずだと納得した。ひとがたとえまぶたを閉じたままでもじぶんの鼻や、耳や、あるいはおへそに指さきで正確に触れることができるのとおなじように、彼女はゲームのなかの世界を隅々まで知りつくしていた。

さりかちゃんの内側には、このゲームのなかの豊かな世界が、まるごと広がっているのだ――やがて僕はそう理解するようになった。ゲームするさりかちゃんを眺める僕の視線は変わった。じぶんと同い年の子の内側にそれほど大きな広がりがすっかり収まっているという事実に、僕は圧倒された。じぶんのなかにあるどんな記憶も、景色も、こんなふうに鮮やかに、どこまでも連なっていたりしないとおもえた。

彼女は強大な敵を次々倒し、あらたな景色のなかを確信とともに駆けていった。そんな勇敢な彼女の冒険の唯一の目撃者でいられることを、あのころの僕は誇らしくおもった。

あの秋、僕はひとつの問題を抱えていた。

幼稚園では毎年、ハロウィンの日に全員で仮装して、近隣の家にお菓子をもらいにゆく行事があった。年少組と年中組には毎年決められたテーマがあった。みんなでミツバチになる。あるいは、みんなで好きな花になりきる。年長組だけがちがった。キャラクターでもなんでも、それぞれじぶんの好きな仮装をすることができた。

なにになりたい？　えり叔母さんがはじめに僕にそう尋ねたのは、九月のはじめだった。僕が質問に答えられずにいると、えり叔母さんは僕の好きなアニメのキャラクターをひとりひとり挙げ連ねていった。それからハロウィン関連の絵本を持ってきてページをめくっては、気に入るものはないかと尋ねた。そうした提案のひとつひとつに、いいとも、悪いとも口にしない夕飯のあとの時間が、ひと晩、またひと晩とすぎていった。

どうしよう、衣装作らなくちゃいけないから、もう決めなくちゃ。十月の中旬にさしかかったころ、えり叔母さんが真剣に頭を抱えた。そんなふうに困らせてしまうのは、僕にしてみればめずらしいことだったとおもう。多くの場面で僕は聞き分けのいい子だった。食べものの好き嫌いもなければ、それほど多くのおもちゃも欲しがらない。お片付けもするしお風呂にもはいる。夜は促されたらすぐ眠る。それらは母が生きているころから変わりのないことだった。

仮装について返答できないのには理由があった。それは、かつて心に決めた仮装があったからだった。まだ年少組だったころに年長組のおにいさんたちをみて僕はそれをおもいつき、年中組のハロウィンのさいにも、やっぱりあれがいいとたしかにおもった。しかし、いざ年長組になってえり叔母さんから尋ねられたとき、僕はその衣装がなんだったのか、どうしても思い出すことができなくなっていた。

僕は戸惑った。一年まえにははっきりとしていたそのイメージを求めて必死に記憶を探っていると、なんだか後頭部の斜め上のあたりに、ぼんやり輪郭が浮かんでくるような気がする。しかし手繰り寄せようとすればするほど、輪郭は煙が散るようにして薄まり、微かな気配すらも失われてしまう。

えり叔母さんの困りようをみて、僕は僕なりに必死に思い出そうと努めた。朝起きた布団のなか、幼稚園で友だちとごっこ遊びをしているあいだ、夜お風呂にはいっているとき。ぎゅっと目を瞑《つむ》り、まぶたの裏側に広がる銀色の幾何学模様を捉えようとした。そのもやもやの向こう側に、一年まえまでたしかに覚えていたはずの仮装が隠れているとおもった。でも、だめだった。

年少組のとき、ずいぶん大きくみえた年長組の子らが仮装して並ぶ姿を、園庭で間近にみた記憶がはっきりと残っていた。帰り道、僕は母に年長組になったらしたい仮装について伝えた。母は声をあげて笑って、すごくいい、おもしろい、と言った。その声色まで鮮明に記憶していた。なのに、当の仮装がなんだったのかとなると、見当がつかなかった。

あれ、なんだったっけ。あのね。あれにするって、年少さんのときにね。えり叔母さんと父方の祖父母と四人で食事をしていたある晩、やはりハロウィンの話題になり、僕はそう繰り返した。あれ、あれって、ばあばみたいだな。そうおじいちゃんが言って笑う。あら、あなただって一緒よと、おばあちゃんは言い返す。父方の祖父母の家は明るかった。多くの冗談を口にしながら、深刻にはならないちいさな諍《いさか》いをするのが日常の光景だった。

思い出せないのはしかたがないから、べつのものを選んでみない？　えり叔母さんからそのような再三の問いかけがあった。その晩、僕もそうしようかと気持ちを傾けつつあった。僕のほうだって、煙のように散るイメージをえんえん追いかけることにあきあきしていた。ドラキュラならすぐに用意できそうね。祖母がそう提案した。ドラキュラだってなんだって、僕はもうかまわなかった。

それでいいよ。そう言おうとおもい、僕はほとんど頷きかけた。けれど、祖父がさきに口を開いた――そうそう、忘れちゃうってことは、それまでのことだったんだから。祖父はそう言ってワインのグラスを傾けた。いいじゃないか、ドラキュラ。ヴラド三世。ルーマニアのあたりのこわい王様。かっこいいぞ。

祖母とえり叔母さんは、半ば決まりだという安堵の表情を浮かべた。僕だけがちがった。祖父がつづける話はそれ以上、耳にはいらなかった。忘れちゃうってことは、それまでのことだったんだから。言葉がまるで太い釘のように頭に刺さり、考えをほかに移すのを拒んでいた。

結局思い出すことのできなかった記憶は、なかったのとおなじことになる。祖父が言おうとしているのはつまりそういうことだった。あのころの僕がそう実際に言葉にして整理できたわけではない。でも、わかった。混乱はやがて怒りへと変わった。じっと黙りこみ、拳を強く握っていることで、僕はそれをやりすごそうとした。しかしひとたび膨らみだした怒りはもう、抑えることができなくなった。

僕はとにかく泣いた。首から顔にかけてを真っ赤にして、拳を太ももに何遍も叩きつけて泣いた。僕がそんなふうに泣くのは、まずないことだった。三人は慌てふためいた。口々に僕を宥《なだ》め、背中を撫でて、落ち着かせようとしていた。僕の頭のなかに浮かんだのは、あの銀色の壁だった。母を入れた棺を吸いこんでいった壁。きっぱりと閉ざされたあとは、もう開くことのない壁。

自分自身でも全貌を摑めない感情の渦のなかで、僕は泣いた。フォークを放り投げたかもしれない。ハンバーグを手で摑んで、そのまま撒き散らしたかもしれない。コップが割れて、誰かの足の裏に破片が刺さったかもしれない。食卓の脚が音を立てて床を突き抜いたかもしれない。そのまま四人で地面の奥深くまで、真っ逆さまに落ちていったかもしれない。三人が口々に僕になにかを言い、手を伸ばした。しかしそのどれも、僕のもとに届きはしなかった。

さりかとおなじ仮装をしてくれないかしら？　さりかちゃんのおかあさんがそう切り出したのは、僕が大泣きした数日後のことだった。夕暮れどき、さりかちゃんの家で過ごしていた。さりかちゃんはえり叔母さんとふたりで近所のパン屋に出かけていた。

仮装。その言葉を聞いただけで、祖父母の家で大泣きした余韻がお腹の底に、湿った土のように残っているのを感じた。きっとえり叔母さんがさりかちゃんのおかあさんに助けを求めたのだろうと、すぐさまわかった。

放っておいてほしいというのが僕の気持ちだった。けれど、さりかちゃんがどんな仮装をするのか、興味が湧いた。まだ作っている途中だから、さりかには内緒ね。そう言われて僕はふだんはいることのないさりかちゃんのおかあさんの寝室に足を踏み入れた。薄暗い部屋の隅、さらに暗いクローゼットの奥。取り出された衣装は乏しい光のなかでも能天気な色をまとっていることがわかった。それは蛍光色の黄色い生地でできた、変わったパジャマみたいなものだった。

イギリスで流行っているテレビ番組のキャラクターなの。さりかちゃんのおかあさんがそう言って衣装を両手で広げる。フードのてっぺんに黄色いモールで作ったアンテナのようなものがあり、その両脇に尖った耳がくっついていた。ほら、これが本物。実際のキャラクターがプリントされた下敷きをさりかちゃんのおかあさんが差し出す。そのとき、僕は思い出した。それはさりかちゃんの家のお弁当箱のはいっていたトートバッグに描かれていたキャラクターだった。

目のまえの衣装とキャラクターが似ているとはお世辞にも言えなかった。でもキャラクターのどこかとぼけた佇まいだけは、衣装にもしっかり表れていた。どうかな、ほかの色の子になってみない？　赤、紫、緑。下敷きにはたしかに、何匹かのキャラクターが並んでいた。さりかちゃんのおかあさんがしゃがんで、僕と目線を合わせた。その顔にはいつものあの笑みが広がっていた。

僕は結局、じぶんではみたことのないテレビ番組の緑色のキャラクターになることにした。えり叔母さんがさりかちゃんの家にやってきて、衣装の作りかたを教わった。既製品の子ども向けパジャマのフードにアンテナと耳をつけるだけなので、それほどの手間は掛からなかった。一ヶ月以上悩み、そして数日まえの一件でいっそう思い詰めていたえり叔母さんは、目に涙を溜めてさりかちゃんのおかあさんに感謝を伝えた。

ハロウィンの日の朝、僕は目を覚ますと布団からでて真っ先にクローゼットを開いた。そして出来上がった衣装がハンガーにかかっていることをたしかめた。カーテンの隙間から差しこむ細い光が、ちょうど衣装の肩のあたりにあたっていた。鮮やかな薄緑色の生地そのものが発光しているようにみえた。

パジャマを脱ぎ、さきに着るようにとえり叔母さんから言われた長袖の下着と、薄手のタイツを身につける。そのうえに薄緑色の衣装を着る。そうして僕はそのまま、鏡のまえに立った。お手本のキャラクターのようにはいかず力なく垂れさがっているアンテナを手で起こした。

しばらくのあいだそのまま、鏡に映るじぶんの姿を眺めた。愉快な気分だった。鏡に映る姿はふだんの僕とはかけ離れていた。どんな声を出し、どんな動きをするとも知らないなにかの生き物。僕はそのなにかになって、鏡のまえに立っていた。なによりそれはさりかちゃんと色違いのお揃いの仮装だった。はやくさりかちゃんの隣に並んでみたかった。みんながよく知るアニメのキャラクターや、魔法使いやお姫様といった仮装をしている同級生たちのなかに、黄色と緑のこのよくわからない生き物が紛れこむ光景を想像した。

いつのまにか起き出した父が廊下に立ち、子ども部屋の鏡に向かう僕を眺めていた。朝の父はとくに静かだった。なにかを堪えるように眉間と唇に力をこめたまま僕の朝食を準備し、着替えを手伝う。僕が父とうまく話せないことをもうわかっていて、うん、か、ううん、で答えられるような質問をいくつかする。トイレはいったか。忘れものはないか。出かける間際になると、教育番組を流していたテレビの電源を切る。するとと部屋のなかはもう、音そのものが世界から失われたみたいに静かになる。

けれどその朝はすこしちがった。いつものとおり長い髪に絡まったような寝癖がつき、くたびれた灰色の上下のスウェットを着て、しかし父は穏やかな笑みを浮かべていた。おもしろいな。やがて父がそう言った。そのとき僕は、可愛いでも、格好いいでもなく、おもしろいと父親が口にしたことが嬉しかった。そう、おもしろいのだ。さきほどまで鏡に映るじぶんをみて感じていたことを言い当ててもらえた気がした。これはおもしろい仮装だ。そんな高揚が父と過ごすことのほのかな緊張を払っていった。

その格好で朝食のパンとソーセージと目玉焼きを食べ、牛乳を飲んだ。歯を磨いて、幼稚園に持ってゆくリュックを背負った。衣装のままでいることを父は注意しなかった。えり叔母さんならきっと汚してしまうからと小言を口にするのにちがいないとおもいつつ、僕は父の無頓着に甘えた。

多くの子がすでに教室に揃っていた。手伝い係の保護者が何人か部屋におり、まだ着替えの済んでいない子らの格好を整えている。僕はさりかちゃんを、彼女の黄色の衣装を探した。しかし、さりかちゃんの姿はなかった。ねえ、なにそれ！　何人かの友だちがそばに寄って、そう尋ねてきた。僕は番組名を口にした。なにそれ、ポケモンじゃないの？　ちがうよね、そんなポケモンいないもん。僕はみんなの質問をふりきり教室を出て、下駄箱へと向かった。幼稚園の門扉に目を凝らした。

さりかちゃんに会いたかった。おなじ格好をしたもう一人に、はやく合流したい。そんな思いが僕の胸をいっぱいに占めていた。さっき履いたばかりの上履きを脱いだ。靴箱からスニーカーを手に取り、足を押しこんだ。まばらに残って世間話をしている保護者たちのあいだを抜けてゆく。かわいいわね。何の仮装かな？　そんな声をまたかいくぐって、門扉のそばに立つ園長先生のもとへ寄る。

あら、どうしたのかしら？　さっきご挨拶をした気がするのだけど。そばにやってきた僕をみて園長先生が言った。園長先生は丈の長いベージュのドレスを着て、尖った葉が方々に伸びる帽子を頭にかぶっていた。ヤシの木の格好をしているのだ。すこし考えてから僕はそう理解する。さりかちゃん待ちたい。そう園長先生に伝えると、先生は腕時計にすこし目を落として、いいわよ、一緒に待ちましょうと言って微笑んだ。園長先生が首を傾けると、重なって茂る頭上の葉が弾力のある揺れかたをした。

通りの右側と左側をほとんど十秒ごとにふりかえって、黄色い姿が角を曲がってこないかとじっとみつめた。だいじょうぶよ、きっともうすぐ来るわ。園長先生が笑ってそう声をかけてくる。そして、僕の被るフードのアンテナや耳のない部分を手のひらで撫でる。僕はどうしても落ち着くことができなかった。嫌な予感がしていた。こんなに遅いなんて、なにかがおかしいとおもった。待つことは苦しかった。通りの向こうの角まですぐにでも駆けていきたかった。

やがてほとんどの子が登園を終えて、通りをこちらへやってくる人影が途絶えた。園長先生はもう、だいじょうぶよ、と僕に声をかけることをやめていた。園舎から事務の先生がでてきて、園長先生のもとに寄る。さりかちゃんのお家からお電話で――そう微かに聞こえた。ふたりは互いに顔を寄せて囁き声で言葉を交わす。園長先生は僕のそばにしゃがんで、口を開く。

さりかちゃんね、体調がすぐれなくて、来られなくなってしまったんですって。園長先生はおそるおそる僕に告げた。僕が泣き出したり、暴れたりするのではないかと危惧しているのがわかった。えり叔母さんや祖父母のまえで僕が激しく泣き喚いたことも、きっと先生たちの知るところだった。

ほら、やっぱり。僕は心のうちでそうおもう。登園が済み、立ち話をしていた保護者たちが去ったあとの園庭は、とても静かだった。体調がすぐれなくて、来られなくなってしまった。僕は園長先生の言ったそのことについて考えを巡らせた。さりかちゃんは子ども部屋のベッドに寝ている。もちろん仮装はせず、ふだんのパジャマ姿のままでいる。

園長先生はひとまず泣き出さなかった僕の手を取り、どんなお菓子がもらえるかしらねと明るく声をかけた。園長先生の手は冷たく、細く、かさついていて、まるで園長先生の仮装しているヤシの木の表皮そのもののみたいだった。いまはその手に触れていたくなかった。薄緑色のこの衣装が、きちんと僕の手のひらまで覆ってくれていたらよかったのにとおもった。

先生たちの恐れに反して泣き出すことなく僕は教室までゆき、好き好きの仮装をするみんなに交じって、年長組の先生からの注意を聞いた。それから園庭にでて、門扉を抜けて通りにでた。年長組の子はみな、年少組の子とふたりひと組で手を繋いで歩くことになっていた。僕が手を繋いだ男の子は、バナナの仮装をしていた。年少組はその年、果物をモチーフにした仮装だった。園長先生もそれに倣っているのだとようやくわかった。

はじめてのハロウィンにはしゃぐ年少組の子の手をしっかり握って、ときに道路に駆け出そうとする彼を留めながら、いくつかの家を回った。ハロウィンに向けてみんなで手作りした紙袋に、お菓子がひとつずつ溜まっていった。僕は大人しく列に加わっていた。もう問題ないと判断したのか、ずっとそばについていた園長先生は僕のもとを離れ、ほかの年少組の子の面倒をみにいった。

あなたはなんの仮装かしら？　毎年必ずハロウィンの訪問を引き受けている大きな家の老婆が、今年はピエロと魔女とカボチャを混ぜたようなメイクと仮装をして、列に並ぶ園児たちに順番に問いかける。年長組の子らが口にするアニメのキャラクター名に、老婆はよくわからない様子のまま、そう、よかったわねと言って、お菓子を手渡す。あなたはなんの仮装かしら？　しわがれた声がつぎ、またつぎと響いた。バナナ姿の男の子の手を握りながら僕は、まるですべての質問がじぶんに投げかけられているような気持ちになった。

老婆の大きな目のまわりにきらきら光るものが散っているのがみえた。僕の目にそれはまるで、老婆の顔がいままさにガラスが割れるみたいにして崩れかけているように映った。ふいに老婆と目があった。何人もの順番を抜かして、老婆が僕になにかを語りかけようとしている。そう感じた。

だめだ、と僕はおもった。おもったそのときにはもう年少組の子の手を離し、列を離れていた。すでにお菓子をもらった子らのほうへと逃れ、そのまままさらに向こう、通りとの境にあるさるすべりの木のそばに寄る。誰に呼び止められることもなかった。薄暗い木陰に僕はひとり立ち、老婆のまえで列をなしているほかの子たちを眺めた。

なにかの衝動が僕のなかで渦を巻いていた。父方の祖父母宅でしたように、ひたすら泣き喚きたいのだろうか。それとも、能天気な仮装をしているみんなに怒りをぶつけたいのだろうか。じぶんでもよくわからなかった。僕はほんのひと月まえの遠足のことを思い出した。さりかちゃんとはじめて話した日。さりかちゃんのおかあさんの作ったサンドイッチに大きな衝撃を受けた日。さりかちゃんのもとから駆け出して、木陰で膝を抱えて息を切らしていた時間。ひとりきりになったその感覚。

僕は恥ずかしかった。誰にも、じぶんにもよくわからない薄緑色の衣装を着ていること。ほかの子らのようにきちんと列に並べていないこと。それだけじゃなかった。さりかちゃんとおなじ仮装をしようとしたこと自体、まちがっていたのだとおもった。僕はさりかちゃんに憧れていた。さりかちゃんとおなじ食べものを食べれば、さりかちゃんとおなじ家で過ごせば、さりかちゃんとおなじように遊べば、彼女に近づけるような気がしていた。そんなすべてが恥ずかしかった。それに、本当にしたかった仮装が僕にはあったはずだった。どうにかしてそれを思い出すべきだったのだとおもった。

いますぐこの仮装を脱ぎたい。僕はそうおもい、さっそく首の後ろあたりにあるボタンを外した。それは今朝、ひとつだけ外れたままだったのを父に留めてもらったボタンだった。ひとつボタンを取ったあとは左右に引っ張れば簡単に二つ、三つと外れた。そのまま腕を落とすと衣装は腰、膝、足首と下がっていった。身軽になった僕のからだを風が撫でた。緑色の皮をはいだバナナのような姿になった。これでいいと、僕はおもった。

どうしたの、という年長組の先生の鋭い声が響いた。そばに寄ってきて、僕の手をまっすぐに摑む。お手洗いに行きたいの？　そう尋ねる先生は、黒い生地に色とりどりの水玉が散る不思議な衣装を着ていた。朝、なにそれ、と子どもたちから問われて先生は、きのこよ、と呟いていた。

ハロウィン、もういい。僕ははっきりと答えた。すでに回った三軒の家で、チョコレート菓子をふたつと、グミのいくつも入った小袋をもらっていた。もういい、お菓子も、この仮装も。それは偽りのない気持ちだった。僕の意固地な態度をみてとって、先生たちは短い話し合いをした。事務の先生が僕を連れて、みんなよりさきに園にもどることになった。

ガイコツ姿の事務の先生に手を引かれながら、園までの百メートル足らずの道のりを歩いた。白い長袖の下着、濃灰色のタイツ。そしてこの日のために用意した緑色のスニーカー。そんな格好を気にしてか、事務の先生は僕を抱っこしようとした。僕はそれに応じなかった。怪我をしたわけでも、泣いているわけでもないのだから、抱っこには及ばないという自負があった。途中ですれちがったベビーカーを押す女性が僕の格好をみて微笑んだ。こんな下着姿もまたなにかの仮装にみえるのかもしれなかった。

衣装のまま帰宅するつもりだったので着替えはなかった。事務の先生は職員室に僕を連れてゆき、子どもが服を汚してしまった際の予備を着せた。無地の灰色のトレーナーと、黄土色のコーデュロイのズボン。どのようにみても仮装にはならないその洋服を着て、僕はほかのみんなが行進からもどるのを待った。

その日の迎えは母方の祖母だった。えり叔母さんじゃなくて良かったと僕はおもった。誰よりもハロウィンに向けて気を揉んでいたえり叔母さんといま顔を合わせるのは、どうしても後ろめたかった。その日の顚末《てんまつ》について先生から聞かされても、母方の祖母は取り立てて驚いた様子を見せなかった。そうでしたか、ご面倒をおかけしました。それだけ言うと僕になにを問うでもなく、ただ手を取って歩きはじめる。母方の祖母はいつだって口数が少なかった。家のなかでも、ひとりで遊ぶ僕を祖母はたいてい放っておいた。静かに家事を片付けるか、あるいは台所の食卓でお茶を飲みながら、黙って窓のそとの景色を眺めていた。

おばあちゃんはゾウに似ている。僕はいつもそうおもっていた。体格はむしろ華奢《きゃしゃ》で、鼻や耳が取り立てて大きいわけでもない。肌だってもちろん灰色じゃない。ゾウに似ていると感じるのは、細かな所作やその目つきだった。おおらかでゆったりとしていて、けれどつぎにまぶたを閉じたなら、永遠に光を閉ざし、そのまま息まで止めてしまうのではないか。そんなふうにおもわせる静かな空気をまとっていた。

ひとりがけの革張りのソファに、僕は座るというよりも身を沈める。母方の祖母の家は低層マンションの一階の角部屋だった。居間の壁は二面が広い窓になっており、一方の窓に向かってソファは置かれていて、僕はよくそこでぼんやりと時間を過ごした。膝を抱えてからだを丸め、肘掛けに頭を乗せると、やわらかなソファにすっぽりと包まれる感覚がした。父方の祖父母宅ならば、どうしたの、なにか飲む、アニメでもみるなどと尋ねられるのが、ここではちがった。

はじめはひんやりとしていたソファの皮革が、僕の体温によってだんだんぬるくなり、頬や首や手さきの肌に馴染んでくる。丸々としたソファと一体になると、僕もまたちいさな仔象になったような気がした。立ち歩くことはできずとも、ひとまわり大きなからだを得て、誰に脅かされることもない居場所を見つけたのだ。そんな感覚が内心を落ち着かせていった。僕は疲れ切っていた。朝、鏡のまえで抱いた高揚も、さりかちゃんのことを待っていたあいだの不安も、そのあとに自覚した恥ずかしさも、すべてが僕をとことん疲れさせていた。

しばらくして、おばあちゃんがなにか声をかけた気がした。けれどそのときにはもう、僕は半分眠りの世界に入りこんでいた。どうにか開いているまぶたのあいだから、窓の向こうで茂る植栽の濃い緑色がみえた。返事になる手前のうめき声のようなものが、じぶんの喉から漏れるのを耳にする。すこししてブランケットが肩から足さきまでかけられると、僕はすっかり眠りこんでしまった。

そしてそのとき僕は初めて、青い世界の夢をみた。

現実との境が曖昧な夢だった。夢のなかでもやはり僕はゾウのおばあちゃんの家の、実際に寝転んでいるソファの上にいる。おなじ姿勢で、おなじ滑らかな革の感触をソファから得ている。正面には広い窓があり、その向こうには植栽が茂っている。

様子がちがうのは、目にみえるすべてが青く染まっていることだった。植栽は本来の緑ではなく青く、部屋の天井や床も青く、なによりも部屋のなかの空気そのものが青かった。おかしな景色だという気持ちと、でも朝夕の日の傾きによってこんな景色をみたことがあるような思いの両方が胸に湧いた。

僕はしばらくのあいだその青い景色を、おなじ姿勢のままじっとみていた。やっぱり夢のなかかもしれない、いくらなんでもこれほど真っ青になるはずがない。そうおもう一方で、次第に微睡《まどろ》みが遠ざかってゆく感覚があった。ぼんやりとしていた景色はむしろ鮮明になっていった。植栽の葉の一枚一枚、地面に転がる石のひとつひとつ、それらすべてがくまなく青く染まっているのが見てとれた。

全部がもうおしまいになる。僕は唐突にそうおもった。どうしてそんなふうにおもうのか、じぶんでもよくわからない。しかし、目に映るすべてのものがまとっている青さは、それらが役目を終えたことを示しているのだということが、僕にはもうわかっていた。

壁も、天井も、ソファも、植栽も、じぶんのからだも、そのかたちを失うよりもまえにこうして一様に青ざめて、境を失ってゆくものなのだと僕はおもう。すべてが一色に染まり繋がってしまえば、あとはそれらをまるごと終わらせるのは、簡単なことにちがいない。青は終わりの色。それは当然の事実なのだと感じた。ポストが赤いように、雲が白いように、すべての終わりは青いのだとおもった。そうしているあいだにも青は色濃くなり、その触手を隅々にまで伸ばしていた。

青一色となりつつある世界で、最後までほかの色を残しているのがじぶんの目だけであることを、僕は理解していた。白と黒の数センチばかりのふたつの点が青に変われば、世界はもう一色に染まりきってしまう。そしてそれは、僕がほんの数秒目をつむるだけで完遂する。まぶたをすこしのあいだ閉じてはまた開くことを、僕はつづけた。恐れはもちろんあった。一方ですこしの快楽も覚えていた。口内炎を舌さきで触れてたしかめてしまうときのような、ほのかな痛みを伴う好奇心があった。

遠くで雷鳴が轟《とどろ》くのが聞こえた。その音に驚き、みじろぎをしようとしたとき、僕はじぶんのからだが動かなくなっていることにようやく気づいた。腕も、足も、口も、指さきでさえも、もう一寸たりとも動かなくなっていた。かろうじて動くのはまぶただけだった。まばたきをして遊んでいる場合ではなかった。そうしている短いあいだに逃げ出す機会は失われてしまったのだと、僕はおもった。しかし、どれだけ後悔したところでからだはもう動きそうになかった。僕は母のことを考えた。あの特別な病室で母もまた、この青い世界を経験しただろうかとおもった。

植栽で遮られた向こうの空には、雷雲が重く垂れこめているはずだった。そうした雲もまたきっと青く染まり、青色の閃《ひらめ》きが空から地上に向かって走っているのだろうと、青い脳みそで想像を巡らせた。雷鳴は次第に近づいてきている。頻度も増し、音は凄まじいほどになっている。この雷によって、すべてが終わるのかもしれない。すべてがひとつの青色のかたまりになったあと、青色をした雷がすべてを打ち砕いて、世界は終わってゆくのかもしれない。いまここにはいない父やえり叔母さん、祖父母たち、それに幼稚園やマンションといったすべての場所もまた。ついにその日が来たのだと僕はおもう。この半年、僕は心の奥底で密かに、そんな日の訪れを予感していた。目のまえに広がるこの青ざめた景色こそ、漠然と想像を膨らませていた恐れが現実になった姿だった。

やがて雷光が部屋のなかにまで届いた。耳を聾《ろう》するほどの音とともに訪れるその光は、僕の予想に反して青色をしていなかった。雷はほんのわずかな時間、世界に立ちこめる青色をその強烈な光によって晴らした。まだ青に染まっていないものが地上に残されていたのだと驚く。でもその雷が歓迎すべきものなのかどうか、僕にはわからなかった。

まぶたをぴったりと閉じて、青色に溶けてしまうべきか迷った。少なくともそうしているかぎりは苦痛はなさそうだった。たったいま起きるかもしれない致命的な落雷に怯えつづけるぐらいならば、じぶんから終わらせてしまったほうがいい。そんな気がした。僕はまぶたを閉じた。きっと母も最期にはおなじようにしただろうとおもった。このまま上下のまぶたはくっついて、そして僕の瞳は青く染まってゆくのだろう。やがて激しく落ちる雷によって、すべてが終わりを迎えるのだろう。

その訪れをほのかな恐れとともに窺っていると、雷が不思議な音を立てていることに気づいた。ついさっきまで地を揺るがすように轟いていた音は、いまではすぐそばで響いていた。圧倒的な力とともに一瞬のうちに放たれていた音は、強弱を揺るがせながら、緩慢につづくようになっていた。まぶたで塞がった青い暗闇のなかで僕はその音を聞いていた。それはまるで、幼い子どもが激しく泣いているような響きだった。

どうして泣いてるの？

音が僕に向かってそう問いかけていた。雷がしゃべった。混乱した頭で僕は咄嗟におもう。でも僕は泣いてなどいないはずだった。もし泣いているとしたら、それは雷のほうではないか。そう言い返そうとおもい、僕は口を開こうとする。重たくかたまった唇やまぶたに力をこめる。はじめ、どちらも微動だにしない。けれど力をこめつづけるうち、ある瞬間に、重たい引き戸が滑りだすようにまぶたが開く。

いつもと変わりないゾウのおばあちゃんの家で、僕はソファに身を横たえていた。世界は青く染まってなどいなかった。日はすっかり落ちて、平凡な夜の暗がりが窓のそとを、そしてこの部屋のなかを満たしていた。

目のまえに誰かがいることに僕は気づいた。その相手はソファのまえに跪《ひざまず》いて、僕のからだを揺さぶっていた。ねえ、どうして泣いてるの？　おなじ質問がくりかえされる。廊下か台所かで点いている明かりがわずかに居間にまで届いて、その姿を僕の目に映す。それはさりかちゃんだった。彼女自身がえずくようにして泣きながら、なぜ泣いているのかと僕に尋ねていた。

手のひらでまぶたを拭うとたしかに涙で濡れていた。目のまわりだけでなく頬から首にかけて、さらにトレーナーの首もとまでじっとり湿っているのがわかる。眠っていただけだよ。僕はそうさりかちゃんに返事をする。それでもさりかちゃんは、泣かないで、とつづけた。泣いてないよ、大丈夫だよ。僕がそう言っても、さりかちゃんは泣かないで、と何度でもくりかえした。

ごめんね。さりかちゃんが言った。どうしてさりかちゃんが僕に謝るのか、そのときの僕にはよくわからなかった。僕はゆっくりと身を起こした。よくみると彼女は不思議な格好をしていた。パジャマみたいな黄色い服。僕はようやく、さまざまなことに合点がいく。今日はまだハロウィンの日で、さりかちゃんが着ているのは、あのイギリスのキャラクターの衣装だった。

大人たちはどこにいるのだろうと僕はおもう。ゾウのおばあちゃんは、あるいはさりかちゃんのおかあさんは？　それともいまさりかちゃんがいるこの光景自体、まだ夢のつづきなのだろうか。なによりもまず、泣いているさりかちゃんを宥めなければならなかった。口にするべき言葉を探す。でも、あのころの僕は泣いている女の子をどんなふうに慰めればいいのか、わからなかった。ごめんね。それ以外に口にできることもなく、ただその言葉をくりかえした。

お互いにごめんねという言葉を掛けあううちに、ずいぶん長い時間が過ぎたはずだった。さりかちゃんはやがて床に落ちていたなにかを拾い、僕に差し出した。ソファの背が落とす影によって、はじめそれはただの黒いかたまりにしかみえなかった。けれど受け取った瞬間にようやく、その正体がわかった。さりかちゃんが着ているものとおなじ手触り。おなじ素材をした、色だけが異なる、得体の知れないキャラクターの衣装。

僕は相変わらずよくわからなかった。なぜ彼女がここにいるのか。そもそもなぜ彼女は幼稚園には来なかったのか。大人たちはなぜ僕らをふたりきりにさせているのか。けれど、いまさりかちゃんが僕に衣装を差し出すその意図はわかった。僕はかたまりを広げた。手探りでボタンをみつけて、ひとつ、ふたつと外した。そして、ソファに座ったまま衣装に足を通した。コーデュロイのズボンやトレーナーを着たままでもかまわなかった。お尻の下をとおして、そのますますっぽりからだを覆った。僕は昼間とおなじ格好にもどった。下に着ている洋服のせいで、身動きするとごわごわとした。それでも僕とさりかちゃんはようやく揃いの衣装を着て並ぶことができていた。

暗闇に慣れてきた目に、窓ガラスに部屋の景色がぼんやりと映っているのがみてとれた。そこには得体の知れない二匹の姿も浮かび上がっていた。黄色と緑。垂れ下がったアンテナ。僕らの目元や頰は濡れたままだったけれど、もうあらたな雫が溢れることはなかった。ソファのまえにしゃがんでいた黄色い一匹が膝立ちになった。僕はそれが窓に映るのをみていた。近づいてきた黄色い一匹に遮られて、僕の目に窓はもうみえなくなった。黄色とも、緑色ともつかない影が僕の目のまえに迫っていた。冷たいのか、温かいのか、あるいはその両方であるのかわからない感触を頰に感じた。

それから影が脇によけると、ふたたび窓ガラスが目に入った。二匹は狭いソファをわけあって並んで座っていた。手を握ると黄色と緑の毛並みがあわさって、肌の色が埋もれて隠れた。ズボンやトレーナーのごわごわとした感触が遠ざかり、毛皮が肌にぴたりと溶けるのを僕は感じた。壁一面の四角い窓ガラスをもういちどみると、僕らはまるで僕らのためだけに用意された額縁のなかに暮らす、二匹の見知らぬ生き物のようだった。

　リボンのかけられた大きな箱の包装を開いてゆく。テープを丁寧に剝がそうとする僕に、破いちゃってもいいんじゃないとえり叔母さんが言う。爪で引っ掻いているうちにようやく剝がれて、赤い包装紙がめくれる。箱に描かれたイラストと、カタカナの文字を読んで中身がわかる。それはテレビゲーム機だった。さりかちゃんがいつも熱心に遊んでいるのとおなじゲーム機が、僕の六歳の誕生日プレゼントだった。

　十一月の半ば、えり叔母さんとさりかちゃんのおかあさんが取り仕切って、幼稚園でもとくに仲の良い数人を招いて誕生日パーティを開いてくれた。大人たちはきっと、母がいなくなってはじめての誕生日を迎える僕のために、華やかにしてくれていたのだとおもう。嬉しかったのは、さりかちゃんのおかあさんが例のサンドイッチをたくさん作ってくれたことだった。コンビーフ、ラタトゥイユ、ピーナッツバターとブルーベリージャム。食べやすいサイズに切り分けられたサンドイッチを、僕はいくつもいくつも食べた。えり叔母さんもときおりおなじサンドイッチを作ってくれたけれど、やっぱりさりかちゃんのおかあさんが作るものは特別だった。

　ゲーム機とともに贈られたゲームソフトでその日、さっそく遊んだ。ゲーム会社のロゴが表示されたあとで、イントロダクションのムービーが流れはじめる。広大な草原の夜明け。紫色の空に朝焼けが広がってゆくなか、馬に乗った勇者が駆けてゆく。スタートボタンを押すとムービーが終わり、名前の入力画面になる。テン。さりかちゃんがそう僕の名前を入力する。物語のはじまりを知らせるムービーが流れて、やがてベッドで眠る少年のもとを妖精が訪れ、テン、と呼びかける。

ハロウィンの日に幼稚園に来なかった理由について、さりかちゃんは一生懸命話してくれた。さりかちゃんのおかあさんから聞いた話も総合すると、単純な話だとわかった。彼女は衣装を着るのが嫌になったのだった。

さりかちゃんは日本の幼稚園でのハロウィンがどんなものか、よくわかっていなかった。年長組は好きな格好をしていい。そう説明されたところで、どんなものにすべきか彼女は決めあぐねていた。それで彼女のおかあさんが、例のキャラクターを提案した。十月のはじめごろのことだった。彼女は深く考えぬまま、それにする、と返事をした。おかあさんが衣装の用意をはじめた。複雑なつくりではないぶん、さりかちゃんのおかあさんは似た質感の生地を時間をかけて探した。

ハロウィンが五日後に迫った夕方のことだった。その日、はじめて衣装を目にしたさりかちゃんはおかあさんに向かってはっきりと、着たくない、と言った。おかあさんは当然驚いたけれど、日本に来てからときおり見せるようになった気まぐれなわがままだろうとおもい、真剣に取り合わなかった。そうして三日前になり、二日前になった。それでもさりかちゃんの意思は変わらなかった。

いやだって言ったって、もう新しく準備する時間なんてないんだからね。ハロウィンの前夜、おかあさんはそう強く言いつけた。いやなの。なにがいやなの。だから、いやなの。そんな不毛な言い合いをつづけた。さりかちゃんにはそのとき、はっきりと伝えたい気持ちがあった。しかしそれを表すための言葉が、彼女にはまだなかった。

あのころのわたしはね。さりかちゃんはほんの数週間まえの自分自身について、ずいぶん昔のことを語るみたいにそう言い表した。あのころのわたしはね、まだ、ママにうまく言えなかったの。あのキャラクターは好きだけど、幼稚園のみんなは知らないでしょうって。あのキャラクターでもいいってわたしは言ったけど、言ったときにはまだ、そういうことに気づいていなかったんだよって。

さりかちゃんの語りようはまるで、誰かほかの女の子について話しているみたいだった。聞いているうちに僕の頭には、いま隣にいるさりかちゃんに似て、しかしほんのすこしだけ幼いべつの女の子の姿がはっきりと思い浮かんだ。女の子は戸惑っていた。あどけない表情を浮かべ、うまく言葉を操ることができず、しかしその胸のうちでは驚くほど複雑な感情を行き交わせていた。

さりかちゃんのおかあさんは途方に暮れた。同級生の母親に電話をしてまわり、なにか衣装を貸してもらえないかと尋ねた。魔女でも、ガイコツでも、なんでもいい。この際、さりかの知らない日本のキャラクターでもいい。夜遅くにようやく、どうにかみつかったものがあった。それは衣装というよりも、猫耳のカチューシャと、フェイスペイントのための塗料だった。

さりかちゃんのおかあさんは翌朝、起きてきたさりかちゃんに、あのキャラクターがいやなら猫の格好をしましょうと言った。彼女は渋々それに同意した。両頬に三本ひげを描き、鼻の頭に黒い点を塗って、さりかちゃんとおかあさんは家を出た。そうしてふたりはあの朝、園のまえの通りまでやってきたのだった。

あのときの僕がふたりをどうして見逃していたのかは、見当がつかない。いずれにせよさりかちゃんは、僕がふたりをみつけるよりもさきに、園長先生とともに門扉のまえに立っている僕をみつけた。彼女が目にしたのは、彼女自身が前夜までぜったいに着ないと言っておかあさんと喧嘩していた、あのキャラクターの色ちがいの衣装を着た僕だった。

彼女は泣いた。そして怒った。どういうことだとおかあさんを問い詰めた。さりかちゃんのおかあさんにしても、あれだけの騒動があってようやく仮装を決められた僕に、そしてえり叔母さんに、前夜になって衣装を変えるのだとは言い出せなかった。あのね、さりかとおなじキャラクターになりたいって言ってくれてね。そんなおかあさんの説明を、さりかちゃんはもう受け付けなかった。長いやりとりを重ねたが収拾はつかず、ふたりは来た道をもどることになった。

だいたいの顚末はそのようなものだった。さりかちゃんはことの次第を必死になって話してくれた。けれど僕としてはもう、気にしていなかった。憤りも、さみしさも、悲しさも、衣装を脱ぎ捨てたときに抱いていた恥ずかしさも、もうすっかりどこかへ消え去っていた。

不思議にもうことはあった。あの夜、僕は再び眠りこんでしまったのか、つぎに起きたのはゾウのおばあちゃんに運ばれて、ベッドに寝かされたときだった。さりかちゃんの姿はなかった。青い世界で身動きができなくなり、雷が轟音を立てて迫ってきて、そしてそのあとに起きたことのどこまでが夢で、どこまでが現実だったのか、僕にはわからなかった。冷たくも温かくもあるような頰のあの感触はなんだったのか、たしかめたかった。けれどそのことをさりかちゃんに直接尋ねるのは憚られるような気がした。

心に決めたはずの仮装はなんだったのか。そのことも折に触れて頭に浮かんだ。思い出すことのできなかった、もう思い出す必要もない記憶を、僕は祖父の言ったとおりにそれまでのこととしてどこかへ追いやろうとしていた。でもそのことで気持ちを沈ませることはもうなかった。いつかきっと、いろんなことがわかるようになる。誰かがかけてくれたその言葉を、僕は相変わらず胸に留めていた。戸惑いも、疑問も、その言葉のおかげで保留の札をかけ、隅に除《よ》けておくことができそうだった。

誕生日にはじめたゲームはしかし、さりかちゃんの助言なしにはほとんど進められなかった。そもそもが幼稚園に通う子どもには難しいソフトだったのだとおもう。画面にでてくる説明文のひらがなを読むことはできても、理解できない単語が多かった。なんとか物語のあらすじを摑み、いざどちらに進んでもいいという自由を与えられても、向かうべきさきがわからずに途方に暮れた。その感覚は、きょうはどこのお家に泊まるか大人たちに聞かれ、答えあぐねる感覚とよく似ていた。

妖精がこう言ってるでしょう。だから、森のほうに行けばいいの、簡単だよ。さりかちゃんはいつもそんなふうに言って、僕に進むべき道を示した。簡単だよ。それがゲーム中の彼女の口癖だった。さりかちゃんによれば進むべき順路はすべて、登場人物の発言や、敵の居場所や、木や岩の色のちがいが仄めかしているそうだった。

指示通りにコントローラーを動かしながら僕は、彼女がみているものをみようと努力した。そのようにして、ゲームに留まらないさまざまをもさりかちゃんから学び取ろうとした。幼稚園でみんなと遊んでいても、家で大人たちと過ごしていても学べないなにかがそこにあるとおもった。そしてそれはきっと、あの恐ろしい、青い世界をも払いのける力になるかもしれない——そんな思いとともに僕は熱心にゲームに取り組むようになった。彼女にはとても及ばない速度で、しかし少しずつ勇者は宝箱をみつけ、倒せる敵を増やしていった。

あしたから旅行に行こう。

そう父が言いだしたのは、誕生日がすぎて最初の金曜日の晩、えり叔母さんの家で夕食を終えた僕を迎えにきたときのことだった。知り合いが伊豆《いず》高原にもっている別荘を貸してもらえる。近隣の牧場では、馬に乗れて楽しいらしい。父は興奮気味にそう説明した。その顔はふだんより格段に明るく、声にも力がこもっていると感じた。

週末はいつものように、さりかちゃんの家でゲームをする約束をしていた。このころ僕が手こずっている敵の攻略方法を、さりかちゃんから教わるはずだった。それに父の口ぶりでは、旅行はふたりきりで行くものらしかった。それほどの長い時間、うまく話せない父と一緒に過ごせるのだろうか。そうしたあれこれが頭を占めて、僕は口を開くことができずにいた。

どうだ、行きたいか？　父が尋ねる。僕はふりかえってえり叔母さんのことをみた。あのころの僕は困ったり迷ったりすると、よくそうしてえり叔母さんの顔色を窺った。えり叔母さんはいちど父のほうに視線を向けて、それから僕に視線をもどして言う。行っておいでよ、楽しそうじゃない。さりかちゃんとは、またすぐに遊べるんだから。僕はすこし考えてから、ふたたび父のほうに向き直った。そして頷いた。よし、決まりだ。父が言って、僕の持っていた荷物を手に取った。

翌朝の父の張り切りようは僕の目にもわかった。みたことのない明るい青色のセーターを着て、色の濃いジーンズを穿いていた。髪に櫛まで入れていた。普段の父の格好といえば、仕方なくくっついてやっているという風情のくたびれた襟がついたシャツに、毛玉の目立つ暗い色のカーディガン、それにだぼついたチノパンツというものだった。母が病気になって以来、というよりも、それ以前にすらみたことのない父の姿だった。

いつもの景色が窓のそとを過ぎていった。正確な道のりはわからなくても、ここはえり叔母さんの家の近く、ここはさりかちゃんの家の近くと、僕はみてとることができた。そうして日常の景色が流れてゆくのをみていると、なんとなく車はそのまま次の角を曲がって、家に向かって戻ってゆくような気がした。マンションのそばにある駐車場に車を停め、いつものように家のなかで休日を過ごすことになるのではないか。黙っている父の横顔を眺めていると、いまにもハンドルを切りそうにおもえた。

しかし車は幼稚園のまえの通りにはいることなく、並木道をまっすぐに過ぎた。景色は次第に見慣れないものになっていった。トイレ行きたくないか？　父から尋ねられて僕は、ううん、とくぐもった声で返す。ハンバーガー屋さんに寄ろうか。天は、チーズバーガーとポテトでいいよな。コーラ飲むか？　質問にちいさく答えたり、頷いたりしているうちに、車はドライブスルーのある店に着く。父が注文を伝え、すこし進んで商品を受け取り、車はふたたび走り出す。

車が高速道路の入り口に向かって上り坂を進むとき、フロントガラスの向こうに雲ひとつない青空が広がっているのがみえた。ハンバーガーの味や、さきほどひと口飲んだコーラの炭酸や、そしてその青空によって、ふだん暮らす町を出てどこか遠くに向かうのだという実感が湧いてきていた。僕はさりかちゃんとしているゲームを思い出した。森の奥深くにある村から出てゆくとき、画面はしばらくのあいだ暗くなる。そしてふたたび明るくなると、そこはもう拓けた草原の景色へと変わった。この車もまたゲームのように、見知らぬ草原に飛び出したのだとおもえた。

カーステレオからは音楽が流れていた。どれもえり叔母さんの家で晩御飯を食べながらみる音楽番組で流れるのとはちがい、英語の歌が多かった。父は英語の歌詞の意味がわかっているのだろうかと、僕は尋ねてみたかった。英語はさりかちゃんが日本に帰ってくるまで日々話していた言葉だった。一度、さりかちゃんがおかあさんと英語で話しているのを聞いたことがあった。なにかを言い合っていることはわかったけれど、もちろん内容はなにひとつ理解できなかった。

ふと父がカーステレオに手を伸ばしてつまみを回すと、楽器を演奏するひとびとの背丈がみるみる縮むみたいにして、音楽のボリュームが下がった。父がなにかを話そうとしているのがわかり、僕の胸はかたい音を立てはじめた。うまく受け答えができるだろうかと身構えた。やがて口を開いた父は、幼いころのえり叔母さんの話をした。えり叔母さんは幼稚園生のころからほかの子よりも背が高くて、大人びていた。三歳年上の父よりもずっと口が達者で、ふたりで喧嘩をしたあと、父が隠れて泣くことも珍しくなかった。

そこまで話すと、父は口を閉ざした。しばらくのあいだはなにかつづきを話しそうな雰囲気があったが、それもだんだん萎《しぼ》んでゆき、やがてすっかり消えた。左手をまたカーステレオに伸ばし、つまみを回した。ミュージシャンたちが急激に大きくなったみたいに、音楽のボリュームが増した。

しばらくしておなじことがもう一度繰り返された。父はカーステレオのボリュームを下げて、しばしのあいだ沈黙する。やがて思い出話をはじめ、口を閉ざす。沈黙があり、ふたたび音量をあげるとそのまま黙りこみ、車線のさきをじっとみつめるばかりになる。父の挙動を不思議におもいつつ、僕からなにかを問うようなことは、もちろんできなかった。窓外の景色は背の高いビルが減ったかとおもうと、今度は工場や倉庫といった巨大な建物が増えていった。高架の下を何度かくぐりぬけた。そのたびに周囲の景色には緑が茂るようになった。

つぎのサービスエリアに寄ろう。父が短く言った。サービスエリアがなにかはわからなかったけれど、それでも休憩するということはわかり、僕は頷く。そう言われてみるとコーラをたくさん飲んだからか、トイレに行きたいような気がしてきた。トンネルを抜けてしばらくして左側に現れた脇道に、車は入った。とにかく広い駐車場があり、さらに進んでいったさきに建物がみえた。

建物は平べったくて、端から端までがとても長かった。ちょうどほかの車が出ていった建物に近い一画に、父は車を停める。エンジンが止まり、音楽が止まる。演奏者たちは鍋に蓋がされたみたいに姿をくらませる。父が僕のシートベルトを外して、ふたり揃って車から降りる。

そのときにはもう、僕はとてもおしっこがしたくなっていた。でも同時に、平べったい建物のある景色から目が離せずにもいた。この光景を目にしたことがある。そんな強烈な感覚が僕を占めていた。コンクリート造りの重厚な建物。派手な色をしたたくさんののぼりと屋台。機嫌の良さそうなひとびとが出入り口を賑わせていて、ガラスの向こうの屋内ではさらに多くのひとがテーブルを埋め尽くしている——けれどこの光景をじぶんがいつ目にしたものか、覚えがなかった。

そのままじっくりと眺めて記憶を探っていたかった。しかし太ももに力をこめ、お腹のあたりに手をやっている僕をみると父は、トイレ、トイレ、と焦ったように言い、僕のからだを軽々と抱き上げた。父に抱っこをされるのはひさびさだった。けれどひさびさだなどと悠長に考えている余裕はなく、すこしでも早く小便器にたどりつかなくてはならなかった。トイレから出てこようとするひとびとが行く手を阻んでいた。そのあいだを父は器用に抜け、いくつもある小便器のレーンの最も近い場所へと一直線に向かった。

父が僕のからだを小便器の真ん前に下ろしたのと同時に、僕はじぶんの穿くズボンとパンツをいっぺんに下げた。キャンディの捻った包み紙みたいな先端から、おしっこが勢いよく白い陶器に向かって打ちつけた。滑らかな表面を液体が流れ小気味いい音が立っていた。おしっこは間に合った。僕は、そしてなぜだか父もそのままの姿勢で留まって、その光景をじっと見守った。危なかったなあ。流れがおさまったころ、父が言った。僕は口には出さず、けれど頭のなかでは父とおなじ調子で、危なかったなあ、とくりかえしていた。

どれか欲しい？　トイレを出たあと、立ち並ぶ屋台をまえに父にそう尋ねられて、僕はソフトクリームののぼりを指差した。お腹冷えないか？　そのことについてすこし僕が考えているあいだにも、まあ大丈夫か、と呟き屋台へ向かう。牛乳自慢のソフトクリームにさっそく口をつけながら、僕らは車にもどってゆく。

平べったい建物をまえにしたときの強烈な既視感について僕が思い出したのは、車が走りだしてしばらく経ってからのことだった。あ、と僕が声を漏らすと、どうしたと父が尋ねてきた。父に事情を話そうと、頭のなかで言葉を探す。サービスエリアの建物、たくさんの屋台、行き交うひとびと、それらをじぶんがみたことがある気がしたということ。とても簡単に説明できる気がした。しかし、それを実際に言葉にしようとすると、どうしてもできなかった。父はミラー越しに固まっている僕にちらりと目をやる。けれどそれはほんの一瞬のことで、父は正面をまっすぐにみやると、もう運転に意識をもどしてしまったみたいだった。

胸が苦しかった。おしっこと、そしてソフトクリームぐらいのことで、あの強烈な感覚のことを忘れてしまっていたことが、やるせなかった。とても大切なことを置き去りにしてしまったという思いが、車が走れば走るほど膨らんだ。僕は無茶な願望を抱いた。父がさっきみたいに音楽のボリュームを下げて、そして突然、あのサービスエリアについて話をしてはくれないか。僕が既視感を抱いた理由を、綺麗さっぱり説明してくれないか。しかしもちろん、そんなことは起きなかった。僕の願いをよそに父は黙々と車を走らせた。

音楽はいつのまにか歌のない、ピアノや弦楽器や打楽器の音がひたすら重なるインストゥルメンタルへと変わっていた。あのころの僕には、そうした音楽が不完全なものとして聞こえた。大切な歌い手がどこかへ去ってしまい、それでも残ったひとびとがどうにかことをまえへ運ばせようと演奏をつづけている。そんな成り立ちの音楽にちがいないと決めつけていた。

だけど音楽は、そのときの僕が抱いていたやるせなさとどこかで通じているようにも感じた。演奏者たちに同情し、はやく歌い手がもどってくればいいと願った。車は一定のスピードで、一定の走行音を立てて進んでいた。より速いスピードの車が隣の車線を走り抜けるとき、鋭い音が車内にまで響いた。さまざまな音が演奏と混じり合い、意識が曖昧になってゆく。もどかしい気持ちが遠のいてゆくとともに、僕はゆっくりと眠りに落ちていった。

目を覚ますと、父がエンジンのキーを回していた。車がため息を吐くようにして振動を止める。さきに降りた父が後部座席のドアを開いて、僕のシートベルトを外し、手をとって降りるのを手伝ってくれる。父の手はごつごつとして冷たかった。そうおもっていると父のほうが口を開いて、手が温かいな、よく眠っていたもんなと言った。

ぐるりと背の高い木々が囲む駐車場のような場所をでて、すこし通りを進んださきに、建物が現れた。きょう泊まるところだよ。玄関のまえでかばんのなかを探りながら父が言う。取り出した鍵を木製の扉に差して回す。扉が開くと、建物のなかは驚くほど暗い。

父が迷うことなく暗がりに踏み入るのに、僕はおそるおそるつづいた。幅の狭い長い廊下が左右に延びていた。廊下のさきはどちらもいっそう暗く、まるで洞窟か、押し入れの奥のようにみえた。大丈夫、よろい戸が閉じているだけだから。怖気づいた僕の表情をみて、笑いながら父が言う。よろい戸が何か僕にはわからなかったけれど、父はさっそく廊下を挟んだ向かいの壁に手をかけた。錠を外し戸を開くと、豊かな光が一斉に室内へと注いだ。窓のそとはテラスのようになっていて、屋外用の白いテーブルを四脚の椅子が囲んでいた。

父はそのまま左側の廊下を進んだ。突き当たりでまたよろい戸を動かすと、暗い廊下がいっそう明るくなった。父はまたあちこち行き来して、いったんすべての戸を開いてしまう心づもりのようだった。差し込む光が宙を舞うほこりをきらめかせていた。開いた窓からひんやりとした空気が流れてくるのを感じた。

狭いテラスを両側から抱えこむ、横に長い凹の字型を建物はしていた。玄関をはいって廊下を左側に進むと右手に、広い居間がある。右側に進むと左手に、寝室や台所、手洗いや浴室といったいくつかの部屋が、居間とおなじだけの広さを分けあっている。左右に長いわりに建物の奥行きはそれほどでもなかった。天井には傾斜がついていて、玄関のある側が高く、奥に向けて低くなっていた。

建物はふだん過ごす四つのマンションのどの部屋とも、なにからなにまでちがっていた。家具のかたちや質感がちがった。床や壁の素材がちがった。置かれたものとものとのあいだにだらんとした余白があった。そうしてちがっている点をひとつひとつ挙げると、結局はぜんぶがちがうという結論に至った。よろい戸が払われたことで明るくなった室内を、僕は興味深くみてまわった。広い居間のあちこちに置かれた変わった椅子に、片端から座ってみたいような気持ちだった。

だからか僕は、父がそとの景色に見惚れていることに、しばらくのあいだ気がつかなかった。父は居間のガラス戸のまえでじっと立っていた。その横顔は真剣そのもので、父はまるで僕が一緒にいることをすっかり忘れてしまっているみたいだった。あるいはそこにガラス戸があることを、さらには建物がここにあることを、服を着ていることを、息をしていることを、なにもかもをすっかり忘れて、ただ景色を睨んでいるようにみえた。それほど真剣な眼差しだった。

やがて父はわれにかえり、僕の視線に気がついた。すぐに口もとに笑みを浮かべると、父はガラス戸の向こうを指差した。そして言った。ほら、みえるか？　林の向こう。海だよ。父の指差すさきをじっとみる。多くが葉を落とした木々のあいまに、空とはちがう、ぼんやりと霞んだ青色が覗いていた。もっとよくみようとガラス戸のそばに寄る。そんな僕のからだを父が抱え上げてくれる。たしかにそれは海だった。ガラス戸の向こうでは、緩やかに下る草地がしばらくつづいたさきに、木々がまばらに立ち並んでいた。そしてそれらの木々のあいだに海の青色が広がり、まるで空に向けて迫《せ》り上がっているようにみえた。

あの林の向こう、崖になってるのがわかるか？　父が尋ねた。僕は控えめに頷いた。だから海は、本当はこの高台からずっと下に広がっているんだけど、浜辺がすっかり隠れているからさ、青い海だけが浮かんでるみたいにみえるんだよ。父の説明を僕はうまく理解できなかった。けれど、浮かんでるみたい、というそのことだけはよくわかった。海が浮かんでいる。それにつられて、僕たちのいる陸地もおなじように浮かんでいると感じる。

父と僕は玄関から靴を取ってきて、掃き出し窓から外の草地に出た。林のほうに近づくほど草地は傾斜を増していた。ある地点からさきは低木が密度高く植わっていて、ひとが足を踏み入れられないようになっていた。ちょっと待ってて。そう言って父は一度居間に戻ると、こぶりのスーツケースにしまっていた荷物を漁り、ふたたび外に出てくる。父は僕のみたことのない新品のおもちゃを手にしていた。透明のビニールのなかにボールがふたつと、円盤のようなものが二枚詰まっている。ボールも円盤も、片方は派手なピンク色、もう一方は蛍光色の緑色をしている。

父はプラスチック製の円盤のひとつを手に取り、裏側についているゴムバンドを僕の左手にはめた。ピンク色をしたもうひとつの円盤を父がはめて、ボールをひとつ手に取り、数メートルさきへと離れてゆく。キャッチボールならば幼稚園でよくしていた。フリスビーでも何度か遊んだことはあった。けれど、円盤とボールのどちらも使うそのおもちゃでどうやって遊ぶのか、僕には見当がつかなかった。

みていてごらん。そう言うと父はボールを軽く真上に放り投げる。ピンク色の球が宙に浮かぶのを僕は目で追う。落下してきたボールに向けて、父が手を差し出す。それは空いている右手ではなく、円盤をつけたままの左手のほうだった。ボールが音もなく姿を消した。円盤にぶつかってどこかに転がっていってしまったのだろうとおもい、あたりを見回す。しかしどこも草が茂っているばかりで、あの目立つピンク色は見当たらなかった。

ほら、ここだよ。父が僕に呼びかけた。差し出された円盤をじっとみると、たしかにそこには、あのピンク色をしたボールがあった。ボールが板にくっつくんだよ、マジックテープで。父はそう説明した。僕はじぶんの手についた円盤に視線をやり、そして右手の指さきで撫でてみた。ざらざらとした硬い繊維のようなものが、芝生みたいに一面を覆っていた。

父は右手でボールをつかむと、びりびりという破れるような音とともに円盤から引きはがす。いくぞ。そう言って父が振りかぶって、僕は円盤をはめた左手を差し出して身構える。ボールが山なりの軌道でゆっくりこちらに飛んでくるのに目を凝らす。

失敗した。ボールを捕れたという手応えが一切なく、僕は咄嗟にそうおもう。しかし父は、うまい、と声をあげていた。円盤をみてみるとそこには、ピンク色のボールがしっかりとひっついていた。マジックテープ。僕は呟いた。そう、マジックテープ。父がくりかえした。円盤からボールをはがして、僕は父に向けて思い切り投げる。ボールがあまりに軽いためにコントロールがうまくゆかず、地面に勢いよくぶつかる。拾いあげて投げたつぎのボールも、あさっての方向に飛んでゆく。

惜しい、惜しい。父はぜんぜん惜しくないときにもそう言って僕を励ました。くりかえすうちにすこしずつ、投げるのが上達していった。うまい。父がそう声をあげるのが僕はうれしかった。父と僕は互いにボールを投げ合った。慣れてくるとわざと離れた場所にボールを投げて、すんでのところで板にくっつけることを楽しんだ。転がりながら手を届かせる父の姿に、声をあげて笑った。僕もまたぎりぎりの場所に落ちるボールに、迷うことなく飛びこんだ。

ほんのわずかでもかすりさえすれば、ボールはしっかりと円盤にくっついて、もう微動だにしなくなった。そのことの不思議にいつまでも驚きながら、ボールを投げては捕り、飛んでは跳ねる、その率直なからだの動きを楽しんだ。マジックテープのその仕組みはなんだか、一帯が浮いているみたいなこの場所と深く結びついているように僕にはおもえた。特別な場所だからこそできる、特別な遊び。ひとたびそう考えると、じぶんの吸いこんでいる空気や、転がったときに膝や肩に覚えるほのかな痛みや、自分自身の喉から漏れる叫び声までもが、幼稚園やマンションの部屋にいては生じえないものなのだという気がした。

父もきっとおなじように感じている。大きな声をあげて笑い、飛び跳ねる父をみていると、そのような感覚が湧いてきた。相変わらずうまく話すことはできないまま、しかし言葉など必要とせず、父と僕は通じ合うことができている。ボールを投げ、それが板に引っつくたび、そうした実感は強いものになっていった。

晩秋の日暮れは早かった。父と僕はずいぶん遊んで、汗をかき、袖や裾には土汚れがついていた。よし、おしまい。父が言って、僕は頷く。シャワーを浴びて、それから夕飯だ。円盤を左手から外しながら父が言う。木々の向こうでは海景が夕陽に染まりつつあった。とても美しい景色だったけれど、父も僕もそれを名残惜しく眺めることはしなかった。ついさきほどまで息を切らしていた充実感がからだを満たしていた。そとの景色よりもじぶんの内側で息づくそんな模様こそ、できることならばじっと眺めていたかった。

父は洗面所に着くとまず浴室にはいり、湯船に湯を溜めはじめる。それから洗面所にもどると、ためらいなく服を脱ぎだした。セーター。肌着。靴下。ズボン。パンツ。僕もおなじ順序で脱いだ。ふたりの服が重なって、洗面所の隅にちいさな山ができた。浴室はそれほど広くなかったが、床や湯船は色の白い木でできていて綺麗だった。

父は固形せっけんを使い、タオルで僕のからだを手早く洗った。それから父と僕がそれぞれ髪にシャンプーを泡立てているあいだ、僕は父の股のあいだにぶらさがるものをみていた。それはじぶんのものとはかけ離れた色形をしていた。もうすこし観察してみたかったけれど、そのうえに茂る黒い毛が、まるでそれ以上みることを拒むように渦巻いていた。

さきにあがって、夕飯の用意をしようかな。そう言って父は湯船には浸からずに浴室をでた。えり叔母さんならむしろ危ないからといって、僕をお風呂にひとりきりにはさせなかった。父が浴室をでて扉が閉まったあとで、僕はそっと湯船にからだを沈めてみる。体育座りの格好で肩のあたりまで浸かると正面に、縦に長い押し出し窓があった。少し開いた隙間からはいる空気が冷たくて気持ちよかった。窓の向こうには木々が茂っていて、夕陽に照らされた一方が炎に燃えているみたいに色を深めていた。

僕は興奮していた。父とうまく話せないことを心配する必要なんて、なかったのだ。長らく心を重たくさせていたそのことから、ようやく解放された気がしていた。ふだん平静を装ってはいても、えり叔母さんも、父方の祖父母も、そのことをずいぶん心配しているのが僕にはわかっていた。それにこの日いち日、父の顔は晴れやかだった。もしかすると父もまた、深刻な病気なのではないか。大人たちが隠そうとする口ぶりや、父が戸棚に隠している薬の袋を目にして、僕は密かにそう想像していた。父も死んでしまうのかもしれないと、何度となく考えた。そしてそれは母親を亡くしたばかりの僕にとって、実際に起きたとしてなんらおかしくないことだった。けれど今日の父は元気だった。死んでしまう直前の母とは比べようもない、健康そのものという顔をしていた。

これでじぶんの日々にはもう、どんな心配もいらないのだ。お風呂に浸かりながら僕はそう感じた。母が病に倒れ、そして死んでしまい、その後もつづいていた薄暗いものはようやく過ぎ去った。それに、いまでは僕にはさりかちゃんがいた。冒険をする彼女の背についてゆけば、じぶんでは想像のつかないような世界にたどりつけるとおもえた。僕は車中で聞いた歌のない音楽を思い出した。僕らはあの演奏者たちのような苦難を、どうにかして凌ぐことができたのだ。これはそのことをたしかめる旅行なのだと、ようやく合点がいったように感じた。

浴室をでると、洗面台のうえに僕の着替えが置かれていた。タオルで頭を擦るんじゃなくて、髪を下からかきあげるの。ふだんえり叔母さんからそう言いつけられているとおりに、僕は念入りに髪を拭く。洗面台の鏡とはべつに、全身鏡が壁に立てかけられていた。僕は下着を身につけるまえに裸のままのじぶんの姿をその鏡でみた。そして股のあいだにあるものに指さきで触れた。僕のそれは耳からぶらさがる耳たぶのようなものでしかなかった。からだから飛び出して好き勝手に揺れる父のものとは、なにからなにまでちがっていた。

服を着て居間へ向かう。さきほどまで父と遊んでいた感覚をいましばらく味わっていたくて、僕はそとの草地をもう一度眺める。窓のまえに立つと日はいよいよ沈みかけていて、さきほどまで気前よく投げかけていた光を草地から、木々のあいだにみえる海から回収しつつあった。夜が近づいていた。僕はそんな景色を、この建物に到着してすぐに父がそうしていたようにガラス戸のまえにまっすぐに立って眺めた。

包丁でなにかを刻む音や、湯が煮立つ微かな音が届いていた。居間をでると、暗い廊下のさきにある一室から電灯のはっきりとした明かりが溢れているのがみえた。細長い台所にゆくと、思ったとおり父はそこにいた。僕は父の邪魔にならない、しかし手を伸ばせば届く位置まで寄る。あったまった？　まな板に向かったままの父が聞いた。僕は声を出さずに頷く。髪はちゃんと拭けたか？　父はつづけて尋ねる。僕が再び頷くと、えらい、えらいと父は言った。なぜだか父は手元に目線を落としたままでも、僕が頷いているのがわかるみたいだった。

できあがったクリームシチューとサンドイッチをトレイに載せると、テラスに出ようと父は言った。これ、持てるか。そう言われて僕は二人分の水を注いだグラスを手に持った。父につづいて外に出ると、夕陽はもう沈みきっていた。出どころがすぐには見当たらない月明かりが、あたりの木々を、そしてその向こうに広がる海原を、薄い光の膜をかけるみたいにして浮かび上がらせていた。

湯冷めしないようにと上着を父が持ってきて、それを着てテラスで晩御飯を食べた。いただきます。手を合わせて父が言う。するとおなじように手を合わせた僕の口から、いただきます、という大きな声がでた。父は驚いた顔で僕をみた。なぜ父が僕のほうをみるのかひとときき不思議におもったあとで、じぶんが父のまえで珍しくはっきりと言葉を口にしていたことに気がついた。父はなにも言わずにただ笑った。笑顔のままスプーンを手に取り、シチューの深い器に向けた。

じゃがいもと、にんじんと、たまねぎと、ブロッコリーと、鶏肉がシチューにははいっていた。あんまり煮こめなかったから、味がしみてないな。父はひとりごとのようにそう言ったけれど、僕としてはちがいがよくわからなかった。おいしいとおもった。サンドイッチの具材はコンビーフとたまねぎで、さりかちゃんのおかあさんのサンドイッチを真似ようとしたのかもしれなかった。完璧な再現とまでは言えなかったけれど、おいしかった。文句ひとつない食事だった。

お、という声がこぼれたので顔をあげると、父が夜空を見上げていた。星がすごい。つられて僕も視線をあげると、いくつとも言い表せない膨大な数の星が空に光っていた。父はそのまま食事の手を止めて星空を眺めていた。僕もそれに倣った。じっとみているると星のなかには、小さな虫が手足を動かしているみたいに、絶えず瞬いているものがあった。見上げたままサンドイッチを齧っていると今度は、波の音がするな、と父が言う。波の音。僕は見上げていた視線を今度は草地の向こうにやる。耳を澄ませる。するとやっぱり、大勢のひとびとが一斉に拍手をするみたいな波の音が崖下で響いては止《や》み、響いては止んでいるのが、僕の耳にも届いた。

星が瞬いている。波音が響いている。父が指し示すまではそのどちらにも気がついていなかった。父は次はどんなところに目をつけるのだろうと、僕は胸を躍らせた。テーブルの下や草地の茂みに目をやってみた。シチューの味をもういちどたしかめたり、ガラス戸越しに部屋のなかを見回してみたりした。

しかし、父はそのまましばらく口を閉ざした。そうしてただ静かにシチューを啜った。季節のわりに暖かく緩やかな風が、海のほうから吹いてきていることに僕は気がついた。風について父はなにか言うだろうか。そう期待したけれど、やっぱり父はシチューを食べたり、サンドイッチの残りを口に放りこむだけだった。ふたりとも器が綺麗に空になり、サンドイッチも平らげて、皿には細かなパンくずが散るばかりになった。父がグラスに残った水を飲み切った。もうきっと、片づけをはじめるのだろう。僕はいただきますを言ったときのことを思い出しながら、ごちそうさまも声に出して言おうと胸のうちでおもっていた。

まえにもここに来たことがあるんだけど、覚えてる？

出し抜けに父がそう尋ねた。僕は空になったシチューの器から視線を上げる。テラスを照らす電灯で翳《かげ》る父の顔が、じっとこちらを向いている。ごちそうさまを言うつもりだった僕はあっけにとられてかたまってしまった。天とおかあさんと、ふたりでここに来たんだ。父はつづけてそう言った。

まえにもここに来たことがある？　おかあさんとふたりで？　僕は考えを巡らせてみた。しかし、それはうまくいかなかった。もう空になった器に、それでもスプーンをすべらせる。そのとき唐突に、僕は気づいた。父は車中でずっと、このことを尋ねようとしていたのだ。なんてことのないほかの話題をきっかけにして、本当はこのことだけを父は考えていたのだ。

ついさきほどまでお風呂に浸かりながら、僕は父とほとんどぴったりと心を重ねられているとおもっていた。この一年ほどのあいだに起きたすべてのことをようやく脇に置いて、ふたりで旅をしている。星の瞬きや波の音にただ身を委ねてようやく息をつけている、どんな言葉も必要とせず——そんなじぶんの認識はまるごと勘違いだったのだと僕はおもった。

口を固く結び、息をほとんど止める。そうして僕は恥ずかしさに堪えた。ごめんごめん、まだ二歳だったんだから、覚えてなくて当然だ。下を向いて硬直する僕に、父はやや焦った様子でそう声をかけた。よし、と明るい声で父が言う。ごちそうさまでした。そう手を合わせて、父は食器を片づけはじめた。僕は頑なに下を向いていた。手際よく重ねられてゆく食器を眺めながら、ごちそうさまを言えなかったとおもった。

僕はすっかり静かになってしまった。それはふだん父をまえにしているときの静けさよりも、ずっと深いものだった。目に、耳に、僕の外側にあるあらゆるものから届くものがみな、消え入りそうなほどに乏しくなっていた。僕はハロウィンのことを思い出した。あのときは衣装を脱ぎ捨てることができたけれど、いまの僕には放り出すべきものがなかった。ただ父が示すとおりに動くことしかできなかった。

深い静けさのなかで僕は、パジャマに着替えたのだとおもう。歯を磨いたのだとおもう。お手洗いでおしっこをしたのだとおもう。その間も父がなにごとか、声をかけていたのだとおもう。しかしそうしたどのようなことも本当の意味では僕に届くことなく、寄るべき岸を失ったままあたりを漂い、やがて消えていった。

ここに布団を敷いて寝ることにしようか。そんな言葉がようやく、僕の耳にしっかりと届く。父は敷布団を引っ張り出してきて、ベッドが二台置かれた寝室ではなく、この広い居間で寝ることを提案していた。こうやってみるとさ。父は仰向けに寝転んで、ガラス戸の外を見上げた。ほら、寝っ転がりながら星がみられる。父に促されて僕はまだシーツを被せていない敷布団のうえに寝転ぶ。ガラスの向こうの夜空を見上げると、建物の庇《ひさし》が途切れたさきの夜空に、晩御飯のとき眺めた星が変わりなく光を放っていた。

あらためてシーツをかけた布団に寝ると、父が僕のからだに軽くてやわらかい布団をかける。父はそのまま部屋の隅に置かれたスタンドライトの電源を落とす。ようやく僕は深い静けさから抜け出して、視界がとらえるものに、耳に届く音に、肌に触れる布団のやわらかさに、すこしずつ意識を向けることができるようになっていった。崖下の遠くで弾ける波音が、隣り合う木々が風に揺れる葉音がなにかを伝えようとして、つまようじのように細い指さきで微かに僕に触れていた。

やがて父がゆっくりと話をはじめた。僕は二歳のとき、母とふたりで母の知人の別荘であるこの建物を訪れた。初夏だった。父は仕事の都合で東北に出張をしていたので、一泊二日のその旅行について知ることはすべて、母から聞かされたことだった。おなじ道のりを母が時間をかけて、レンタカーを走らせたこと。雲、木、トラックと、車のなかで僕は目についたものの名前を、ほとんどひっきりなしに叫んでいたこと。幼子を連れたはじめての遠出で、到着したとき母はほとんど疲れきっていたこと。

でも、居間から眺めた景色が、とにかくすばらしかった——建物にはいり、この居間に立ったときに母が感じたそのことを、父は台詞《せりふ》を読み上げるみたいにして暗唱してみせた。木々の向こう、崖の向こうに、海の青色が浮かび上がっていた。わたしたちのいる建物や周りの土地ごと、空の上を漂っているみたいだった。

父がどれだけ正確に母の言ったことを記憶していたものかはわからない。けれど父のその口調は母と似ていた。声色か、抑揚か、感動をおさえようとしない大げさな物言いか。母がいつかそのように興奮とともに父に話したというイメージが、僕の頭のなかにもはっきりと浮かんできた。

だから今日は、おとうさんもこの場所に来てみたかったんだ。やがて父が言った。

ほんとうに、浮かんでいるみたいだ。そう口にする父の声は、唐突に感じるほど大きかった。そしてやけに明るかった。いったいどうしたんだろう。そう疑問におもい、僕は父の布団のほうを向く。父は横向きに寝そべり、その顔は窓のほうを向いていた。部屋のなかは暗かったけれど、月や星々の投げかけるやわらかな明かりによって、それがみえた。父の瞳から涙が流れていた。

父の涙をみるのは母の病室にいたとき以来だった。もう呼びかけてもほとんど返事をしなくなった母の横たわるベッドを、父と僕とえり叔母さんが囲んでいた。僕はえり叔母さんに促されて母の手を握った。父はベッドの反対側にいて、母の肩を撫でていた。それは撫でるというよりも手のひらを押しつけて、強く摩《さす》っているみたいだった。それから父は母のふくらはぎを摩った。足の裏を摩った。まるで母のからだのどこかに、大切な鍵が埋もれているのを探り当てようとしているようだった。

すこしして僕は手を握っているのに飽きてしまって、隣の空きベッドのほうへ行き、よじ登るようにして座った。からだを弾ませて、スプリングがぎしぎしと鳴るのを楽しんだ。そんなふりをした。本当は父が涙を流しているのを目にして、なんだかそれをみてはいけないような気がした。それから僕はえり叔母さんとともに、父だけを残して病室をでた。病院に来るたびにいつもそうしているように、自動販売機で売っている、缶をよく振ってから飲むゼリーの飲み物を買ってもらった。

あのときとおなじように父の涙をみてみぬふりするべきか、僕は悩んだ。涙を流す父の目は変わらずまえを向いていた。視線のさきにはガラス戸があり、その向こうに草地があり、木々があり、真っ暗な海があった。父はそうした景色を、母のからだを撫でるのでなく摩っていたのとおなじように、眺めるでなく目を凝らしているみたいだった。

もういいよ。あのころの僕は、母の思い出をしきりに話そうとする大人たちに対してそうおもっていた。さみしがっている僕に、かわいそうな僕に、もういない母のことを話さなくていい。開いてしまった穴を埋めるようにして、さまざまな母を僕に教えようとしなくていい。おかあさんがいなくたってやっていける。おかあさんの思い出を思い出さなくたって生きていけるから、もういいよ。

それに葬儀の日、教会でゾウのおばあちゃんがちいさく呟いたことも、僕はしっかりと覚えていた。もう苦しくないね――ゾウのおばあちゃんはほとんど花に埋もれた母に向けて言った。それならば僕たちはもう、苦しくなくなった母のことを、そっとしておくべきなんじゃないか。いつまでも名残惜しく語り合っているようでは、ようやく去った母の苦しみがよみがえってしまうのではないか。そんなふうにおもっていた。

でも、いままさに父は涙を流していた。晩ごはんの終わりに父は僕に尋ねた。まえにもここに来たことがあるんだけど、覚えてる？　そう口にしたときの父の真剣な眼差しを僕は思い出した。父は僕の口から母の思い出を聞きたがっていた。僕のなかにある記憶のひとつを求めて、涙を流していた。僕こそ父のために探るべき記憶があった。二歳の夏、母とふたりでこの場所を訪れたときに目にしたものの、そのかけらでもいいから思い出さなくてはならなかった。

手がかりがまったくないわけではなかった。昼間、少しだけ立ち寄ったサービスエリア。あの平べったい建物をまえにして感じたことはきっと、母との旅行と無関係ではないはずだった。でも、その手がかりからどんな手順で、どこへ向かえばいいのか、見当がつかなかった。ハロウィンの一件を思い出した。あのとき結局、僕は心に決めたはずの仮装を思い出すことはできなかった。

部屋のあちこちに目を向ける。変わったかたちの椅子。壁に寄せて置かれた古いピアノ。なにが置かれているわけでもない木製の棚。それらの姿形を眺めることで、記憶がよみがえらないかと期待する。でも、だめだった。どの景色も目新しく感じられ、以前にも目にしたとは到底おもえなかった。

やがて父が静かに身を起こした。そのまま立ち上がり、広いガラス戸の両端からカーテンを引き寄せた。朝日が出たら眩しいもんな。そう呟く父の声はすこし嗄《か》れていたけれど、平常の声にもどりつつあった。草地が、木々が、海がカーテンの向こうに隠れると、部屋はほとんど真っ暗になった。それじゃあ、おやすみ。そう言ってまた布団に横たわった父の顔にまだ涙が伝っているのか、それとももう止まったのか、たしかめることはできなかった。

僕は暗がりのなかでもうしばらく、記憶を探りつづけようとした。しかしその努力もむなしく、強烈な眠気が僕の頭の奥深くに釣り針を掛けて、問答無用に引っ張っていた。あのころの僕はお風呂にはいって、お腹がいっぱいになってしまえば、あとはもう長く起きつづけることなんてできなかった。ごちそうさまだけじゃなくて、おやすみも言うことができなかった。そんなことをおもいながら、否応ない眠りのなかへと沈んでいった。

波音によって僕は目を覚ました。

夜であるとも、朝であるともしれない時間だった。波音は眠りにつくまえもそのあともずっとつづいていたのだから、それで起きたというのもおかしいのかもしれない。けれど目覚めた僕の耳がはじめに捉えたのは、まるで僕のもとにまっすぐに寄せてくるかのようにはっきりとした波の音だった。

布団にはいったまま身じろぎすると、昨晩父が引いたカーテンの縁が微かに色を変えているのが目にはいった。父はまだ布団にくるまって眠っているのが、薄らみえるシルエットでわかる。よほどかたく引き寄せているのか布団はふくよかさを失い、乾いて丸まった落ち葉のようになっていた。

まだ役目は終えていないのだというように、波音はくりかえし響いていた。波は僕を呼んでいるのだろうか。それとも誤って早く目覚めてしまった僕を、眠りの世界へと押し返そうとしてくれているのだろうか。耳を傾けているうちに僕は車中で流れていた、歌のない音楽を思い出した。波もまたなにかの訪れを待ちながら、くりかえし浜に打ち寄せているように聞こえた。

ゆっくりと布団を払い、身を起こす。立ち上がり、カーテンのほうに寄る。そのまま開こうとして、しかし眠っている父を起こしてはいけないと思い直し、僕はその場にしゃがんで、のれんをくぐるようにしてカーテンの向こう側へとからだを潜らせる。

そこに広がっていたのは、まさしくハロウィンの夜にみたあの青い世界だった。

空が青かった。海が青かった。青色は崖のうえの一帯にまで押し寄せてきていて、木々も、茂みも、草地も、岩も、すべてが一色に染まっていた。太陽はまだその姿をみせていなかった。暗いのは暗いのだけれど、夜の暗さとはちがった。光の乏しいのが夜ならば、その青い景色はまるで、光などというものがそもそも存在しない世界であるように感じた。

光とは異なるなにかによって、茂る草の一葉一葉は、まっすぐに伸びる木々は、その果てにある海と空は、曖昧に輪郭を浮かばせていた。鳥が鋭く鳴く声がすぐそばで響いた。その姿を探してガラス戸に顔を引っつかせてみたけれど、鳥はどこにも見当たらなかった。もしかすると鳥はもう姿をもたず、空の青に、木々の青に、あるいは漂う空気の青に溶けこんだまま、その声だけを響かせているのかもしれなかった。

僕はまた夢のなかにいるのだろうか。そう頭をよぎったけれど、顔をつけたガラス戸はかたく冷たく、目のまえの景色が現実であることを僕に教えていた。ふとピンク色のボールが草地に落ちているのをみつけた。昨日、父と一緒に遊んだ円盤に引っつくボールだった。それはあたりの景色のなかでもっとも青色から遠い色をしていた。しかし、それでもなおボールは青かった。ピンク色をしていて、そのうえで青かった。これからさらに深い青色に染まり、やがていま微かに残っているピンクすら失ってしまうのかもしれない。ハロウィンの夜にみた景色を思い出しながら、僕はそのボールをじっとみつめていた。

それでも僕はそのとき、青一色に染まったその世界のなかにいて、以前のような恐れを抱いてはいなかった。すべてが青く染まりきって、物と物とのあいだの輪郭がすっかり失われて、そしてすべてが終わってしまう。青は終わりの色。ハロウィンの夜に抱いたそうした予感のようなものは、もうなかった。

じぶんはこの色の広がりを、ただじっとみつめていればいい。白目も黒目も染まってしまうぐらい、深くこの色に身を浸していればいい。そのことがわかった。終わりとはちがうものが訪れようとしているのを、僕は知っていた。目のまえに広がる青色の景色の、僕のいる場所からもっとも遠く、もっとも深くで、それはいままさに生じようとしていた。ようやく僕は確信がもてた。僕はそれを思い出した。

宙に浮かぶように広がる海のかなた、水平線の一点に赤い光が滲みはじめていた。リボンが解けて包装紙がはがされてゆくようにして、海の果てで青色がほころんだ。こんなふうにひとりで起き出して日が昇る光景を眺めたことなんて、これまでに一度もないはずだった。しかし僕は以前にもまちがいなく、この景色をまえにしていた。世界にかけられたリボンが解かれ、包装紙がはがされて、そうして蓋が開くのを箱のなかからみつめるようなこの景色を、僕は知っていた。

それはきっと、母とふたりでこの場所を訪れたときにちがいなかった。どうしてそれほど早朝に母と僕は起き出したのだろう。朝焼けを眺めるために母が僕を起こしたのだろうか。あるいは、僕が泣きだしてしまったのだろうか。経緯は記憶からすっかり抜け落ちていた。昨晩、僕は眠気にあらがいながら、奥底へと沈んでしまった母との思い出を探りつづけた。微かなヒントをたどってゆけないかと目を凝らした。けれどいま僕は、どのような経路をたどることもなく、まったく唐突に、遠ざかっていたはずの記憶に触れていた。海の向こうから訪れる赤い光によって、かつて母とたしかに眺めた朝焼けの記憶のなかに、まっすぐに降り立っていた。

日の光があたりの景色から深い青色を払ってゆく。僕はその光景をじっとみていた。姿をみせない鳥の鳴き声が次第に増えていった。すべての生き物たちを浸していた眠気が朝の光とともに、少しずつ蒸発して空に還ってゆくようだった。

起き出してきた父が隣でおなじ景色を眺めていることに、僕ははじめ気がつかなかった。左側のカーテンのなかに父は立っていた。僕は右側のカーテンのなかで、膝を抱えて座っていた。すごいなあと父が言った。こんなに綺麗な朝焼け、みたことないな。寝巻きを着て、髪に寝癖のついた父は、張り切って目を輝かせていた昨日の父とはちがい、ふだんの家で目にするいつもの父にもどっていた。

おかあさんとみた。僕は自然と口を開いていた。そのとき崖下で波音がまたひときわわ激しく打ちつけるのが聞こえた。おかあさんと一緒に、ここで朝焼けをみた？　父が尋ねる。うん、みた。僕はそうきちんと返事ができる。そうか、みたか。父は呟くと、あとはただ黙って景色を眺めていた。

僕は次第にまた眠たくなった。いま実際に海の向こうから差してくる赤い光が、かつての記憶の光と結びついて、ひとつの光源をなしていた。じぶんの内側と外側とが曖昧になり、夢のような現実とも、現実のような夢ともつかなくなっていた。ガラス戸のまえで僕が寝入りかけているのに気づいた父は、からだを抱え上げ、布団まで連れていってくれる。まだ早いから、もうちょっと眠ったらいい。そんな声を遠くに聞きながら、かけ布団にくるまる。

父は僕のもとを離れると、カーテンの向こう側へともどっていった。父の影が朝日によってそこに浮かんでいるのを、僕は布団のなかからみていた。父の影はやがてさきほどの僕とおなじようにしゃがんだ。カーテンを膨らませる丸いシルエットをみつめながら、僕は二度目の眠りについた。

遠足の日。ハロウィンの夜。父とした旅。それぞれの出来事は僕のなかでまるでスノードームのように手のひらに載せ、目のまえに掲げられるほどに、鮮明に記憶に残っている。雪を模した白いかけらが落ちてゆくように時が過ぎ、ドームのなかの景色が移ろうのをいつまでも眺めていられる。さりかちゃんがいる。父がいる。そして僕がいる。

そんなふうにして残る記憶のそれぞれが、あのころさりかちゃんとともに取り組んだゲームのなかで、勇者が巡ったひとつひとつの村落みたいに僕は感じる。活火山の洞窟のなかの村がある。人魚のような種族が暮らす水辺の村がある。砂嵐の吹き荒《すさ》ぶ砂漠で密やかに暮らしを営む村がある。ストーリー上の用をすでに済ませた村であっても、再訪すればいつでもおなじ景色が広がっていて、おなじ場所にいる村人が、おなじセリフを口にする。

僕はスノードームの内側まで入りこみたいとおもう。記憶は実のところ脆く、踏みこむたびに景色の一部は曖昧に薄らいだり、反対に無用に鮮明になったりもする。みたくないものに目を瞑り、みたいものだけをみてしまう。それが大切な記憶を少しずつ損ないつづけることだと、頭のどこかではわかっている。それでも僕はつづける。誰かに渡すことのできるなにかをわずかでも手にしたいとおもう。

十二月、のろのろと進んでいたゲームがようやく、折り返し地点に到達する。さりかちゃんがそう教えてくれる。ほら、ここでオカリナを吹くんだよ。さりかちゃんが言うとおりに神殿のなかでオカリナを取り出す。いくつもある曲目のなかから、時の歌というメロディを奏でる。閉ざされていた扉が開き、隠れていた奥の間が現れる。中央に台座があり、そこには一本の剣が突き刺さっている。

勇者が剣を引き抜く。すると、まだ幼かった勇者が大人の姿になってそこに立っている。老いた賢者が現れ、七年の時が過ぎたことを告げる。脅威に立ち向かうには勇者はあまりに幼すぎたために、賢者と剣の力によって時が過ぎたのだと。そのようにして、七年のうちにいっそう荒廃した世界を巡る後半の旅がはじまる。

クリスマスには家族みんなで教会のミサに出かけた。僕がその教会を訪れるのは、母の葬儀以来のことだった。あの日とおなじように僕はステンドグラスを見上げる。赤や青や緑のガラスは外が曇っているからか、眠りこんだようなくぐもった色を浮かべている。行われたことは以前とほとんど変わらなかった。襟のないシャツを着た神父が聖書を読みあげ、聖歌をうたった。ちがっているのは母の棺がないこと、そして家族や知人だけでなく、近隣に住む見知らぬ信徒が多く訪れていることだった。

ミサが終わると父方の祖父母宅に移って、クリスマスパーティをした。さりかちゃん親子もそこに加わった。ゾウのおばあちゃんが用意した牛肉の煮込み料理をさりかちゃんたちは感激して食べた。僕はすこしだけ鼻が高かった。さりかちゃんの家のサンドイッチにほんのすこしお返しができた気になれた。

シャンパンを飲んだ祖父は饒舌だった。えり叔母さんとさりかちゃんのおかあさんもお酒に顔を赤くして、賑やかに話していた。父方の祖母はにこやかな顔で台所とのあいだを行ったり来たりした。ゾウのおばあちゃんはいつもどおり静かだった。父はそのゾウのおばあちゃんよりもさらに静かに、ひたすら料理を口に運んでいた。

天はよくがんばるなあ。食事を終え、さりかちゃんと僕がテレビゲームをしていると、祖父が言った。すみません、うちの子につき合わせてしまって。さりかちゃんのおかあさんが返す。その夜、僕はおなじ敵に何度も挑んでは、そのたび暗い画面にGAME OVERの文字を浮かばせてしまうのをくりかえしていた。さりかちゃんは辛抱強くコツを教えてくれた。勇気をもって敵に迫ってゆくべきときと、急いで遠ざかり距離をとるべきときのちがいを示した。

そうして祖父は言った。だってさりかちゃんのこと、大好きだもんな。天の初恋だ。威勢のいい祖父の笑い声がリビングに響く。ちょっと、とえり叔母さんが声をかける。そのつづきを引き取るようにして今度は祖母が、やめなさいよ、恥ずかしくなっちゃうわよと祖父を窘《たしな》める。なにも恥ずかしいことない。さりかちゃんは可愛いし、賢いし、好きになって当然。祖父はそう言うとさりかちゃんのおかあさんに、ねえ、と同意を求めた。困ったような笑みを浮かべてさりかちゃんのおかあさんが頷いた。

ほら、あのハロウィンのときだって。祖父がさらにそうつづけようとしたところで、しつこいな、という低い声がした。父の声だった。一瞬、場が静まる。ほらほら、ふたりが遊んでるんだから大人は邪魔しない。えり叔母さんが口を開くと、祖母やさりかちゃんのおかあさんがそれに応じるようにして、食卓はべつの話題へと移ってゆく。

祖父と父がちいさく衝突して、それを祖母やえり叔母さんが取り持つようなことがときおりあった。なんだ、その言いかたは。たとえばそんなふうに祖父が言いかえして口論になることを、祖母やえり叔母さんは危惧していたはずだった。けれどその夜、祖父はなにも言わなかった。憮然とした表情でワインのはいったグラスに静かに口をつけていた。

その晩こそ祖父とぶつかったものの、このところ父は以前よりも、顔色や声に活力を感じさせるようになっていた。僕といち日をともに過ごす日が増えた。髪型や服装がこざっぱりとした。雑然としていた父の書斎の机は片付いて、なにかの作業を進めている様子がみてとれた。父とその仕事にどんな変化があったのかはわからなかった。しかし、すくなくともなにかが好転しているように傍目にはみえた。それはふたりでしたあの旅行がきっかけになったのかもしれなかった。

天くんとさりかは、おんなじ小学校に行くんだもんね。食卓を囲む大人たちの話題がすでに変わりしばらく経ったあとで、それまで黙っていたさりかちゃんが唐突に口を開いた。みなが驚いて彼女に視線を向ける。さきほど祖父が言ったことへの反応であることが、口ぶりからなんとなく伝わる。

幼稚園で先生が出したクイズに答えるときのように、さりかちゃんは自信に満ちた声色でつづける。このあいだママが、さりかたちは大阪に引っ越すんだって言ったの。だけど、さりか言ったの。大阪に行くなんて、絶対にいやだって。天くんとおなじじゃなかったら、小学校なんか行かないよって。

えり叔母さんや祖父母たちが驚いたような声をあげ、さりかちゃんのおかあさんに質問をぶつけた。さりかちゃんのおかあさんは深いため息をついてから、困った様子で説明をした。母がひとりで暮らしている大阪の実家に、さりかと一緒に帰ろうと考えていたんです。いまの家はもともと主人と三人で住んでいたから、部屋が余ってしまっていて。でも、さりかがこのとおりで。苦笑いをするさりかちゃんのおかあさんに、それはそうよと父方の祖母が応じる。もちろん事情はおありだとおもうけれどね、さりかちゃんもあなたも、わたしたちにはもう家族みたいなものなのよ。そう話す祖母の声には熱がこもっていた。そう言っていただけて、光栄です。さりかちゃんのおかあさんが頭を下げた。

だけどよかった、これでずっと一緒だ。祖父が調子をとりもどして言う。ワイングラスを手に取って、さりかちゃんのおかあさんのほうへと掲げる。わたしも、焦っちゃった。えり叔母さんが言うと、ごめんなさいねとさりかちゃんのおかあさんが返す。ふたりもまたすこしだけワインの残ったグラスを手に取ると、遠慮がちに祖父のグラスと合わせた。

小学校——自転車に乗ってなんどか通りがかったことのあるその場所を僕は思い浮かべる。来年、幼稚園を卒園したらじぶんが小学生になるということは、大人たちから聞かされて理解していた。幼稚園よりもずっと大きな校舎で、たくさんの子たちと机を並べてお勉強をする。そう話には聞いていたけれど、うまく想像ができなかった。まったく新しい日々がはじまるということだけがわかっていた。

それは母がいなくなることよりも大きな変化だろうか？　そう疑問におもった。もちろん答えなど出せないけれど、その小学校にさりかちゃんがいるのといないのとではまったく事情が変わることは、はっきりとわかった。もしもさりかちゃんが彼女のおかあさんに反対しなければ、僕の日々からはまた大事なひとがいなくなっていたのかもしれなかった。

僕はさりかちゃんの勇敢さに胸打たれた。そのように大人に意見を述べて、そして選択を変えさせてしまうだなんて、じぶんには途方もない行いに感じた。そのころにはさりかちゃんの日本語は、おどろくほど達者になっていた。言葉のあやふやさに起因する彼女自身の印象も大きく変わった。そもそもさりかちゃんはとても頭の回転が速かった。女の子同士のおしゃべり、ときおり生じる男の子たちと女の子たちのあいだの諍い、大人への受け答え。彼女はどのような場面でも、誰より大人びた、はっきりとした意見を口にするようになっていた。やっぱり、イギリス帰りはちがうわね。感嘆とともに、やや棘のある言い方をする保護者もいた。日本のことがよくわかっていない、じぶんたちが親切にしてあげなくちゃいけないおとなしい子。そんな認識はたった三ヶ月で上書きされてしまっていた。

小学校がどんなところであれ、さりかちゃんがそばにいてくれる。それは僕にとってなにより心強いことだった。新しい場所に立たされることの不安ははっきりと和らいだ。それはゲームのなかであらたな村へ進む感覚と、さほどちがいはないかもしれない。そうおもうと胸が躍りさえした。近い将来を期待とともに想像する、もしかしたら僕にとってはじめての経験かもしれなかった。

すこしまえ、父との旅でみた青い世界について、さりかちゃんに話してみたことがあった。すべてのものがすっかり青色に染まってしまうことの不思議。その向こう側から、一度は忘れてしまった記憶を伴って、赤い光が差し込んできたことの不思議。

ねえ、それはこういうのだったんじゃない。さりかちゃんは攻略本を手に取り、ほとんど最後のページを開いた。そこにはゲーム画面のキャプチャがとてもちいさく載っていた。赤い大きな「？」の記号が重なり画面の全貌はわからないようになっていたけれど、どうやら大人になった勇者と姿をくらませていた姫が、空とも海ともしれない青一色の世界に浮かんでいるみたいだった。それは最後の敵を倒したあとに現れる場面なのだと、さりかちゃんは説明した。

画面の景色はたしかにあの青い世界とよく似ていた。はやくクリアしなくちゃね。さりかちゃんが囁くように言い、僕は頷いた。あの青い世界を僕はもう恐れてはいなかった。いつも特別な瞬間に訪れるあの青い世界を、そして母の記憶をもたらした赤い光を、今度は僕のほうから追い求めなければならないのだと感じていた。

さりかちゃんがゲームのコントローラーを僕に手渡す。彼女の助言をもとに険しい道のりをたどり、つぎの村を目指す。冬はそのようにして深まっていった。除夜の鐘が鳴り、年を越した。お正月休みのあいだも僕らは互いの、というよりも五つの家を行き来して、熱心にテレビ画面に向かうことをつづけた。

あの冬、僕らの町には三度雪が降った。

はじめの雪は一月の半ば、展覧会の日だった。展覧会は幼稚園の行事で、前の学期に子どもたちが描いた絵を教室や廊下の壁に飾り、保護者たちが好き好きにみていい日のことをそう呼んでいた。

えり叔母さんとさりかちゃんのおかあさんはお迎えの際に連れ立って、廊下やそれぞれの教室を巡った。年長組だけでなく、年少組や年中組の絵も興味深そうに眺めていた。色紙を使ったちぎり絵があり、毛糸をボンドで貼り線を描く絵があった。クレヨン画に水彩絵の具を重ねて塗る手のこんだ絵もあった。

僕が描いたのは森の絵だった。中央に山のように大きな木を描き、周辺をたくさんの緑で茂らせた。ゲームの絵でしょう？　えり叔母さんはひと目みて言った。木々の合間には緑色の服を着た勇者や、さまざまな土地の村人をほんのちいさく描いていた。いくつもの宝箱を置いた。台座に突き刺さった剣を描いた。

最後の展覧会の年長組の絵のテーマは、将来のじぶんだった。小学生のじぶんでも、中学生や高校生でも、大人になってからでも、なんでもいい。年長組の先生のその説明を聞いて、僕は迷わず描くものを決めた。勇者そのものになりたいとおもったわけではなかった。それでもあのころの僕にとっての将来とは、ゲームを進めていったさきの景色にほかならなかった。

すてきな絵。さりかちゃんのおかあさんがそうしきりに褒めてくれた。力作ね。えり叔母さんも愉快そうに言う。天のおかあさんも絵が上手だったのよ、わたしと一緒に漫画サークルにはいっていたんだから。それを聞いてさりかちゃんのおかあさんが驚く。どうりで線がしっかりしてる。そう言って僕に微笑んでくれる。

えり叔母さんと母は大学の同級生で、母が父と結婚するよりもさきに、ふたりは友だち同士だった。わたしのほうが仲が良かったのに、いつのまにか追い抜かれちゃって。いつかさりかちゃんのおかあさんにそんなふうに説明していたのを、僕は覚えていた。父と母が恋人同士になることを、はじめえり叔母さんは嫌がった。わたしともちゃんと遊ぶこと。結婚したいのだと話したふたりに、えり叔母さんは言った。そうして僕が生まれた。まるで四人家族みたいに僕らは五年の日々をともにした。

年長組の絵はどれも一生懸命に描かれていた。しかし、なかでもさりかちゃんの絵は特別だった。彼女は色鉛筆を使い、繊細な色使いの細密な絵を描いた。大きな机があり、椅子がある。壁いっぱいの本棚があり、そのなかを本が埋め尽くしている。長机を三人のひとが囲んでいる。眼鏡をかけ髭を生やした男のひと。髪の長い女の子。

すこしからだの大きな男の子。

図書館かしら？　えり叔母さんが尋ねるとさりかちゃんは、ピンポーン、と楽しげな声で返した。大学生になってお勉強してるさりかと天くん。さりかちゃんはじぶんの描いた人物をそれぞれ指で示す。えらいなあ。大学生まであと、どれくらい？　十二年か。えり叔母さんが感心した声をあげる。ちょっと気が早いんじゃないかしらと言って、さりかちゃんのおかあさんが笑う。

はやくないよ。思いがけず鋭い声でさりかちゃんが言い返した。えり叔母さんはすこし驚いた顔をみせてから、さりかちゃん、すごい。わたしは小学生のころも、中学生になってからも、お勉強したいとおもったことなかったなとおどけて返す。さりかちゃんは構わずつづける。さりか小学生になったら、天くんといっしょに塾に行きたい。いっそう力のこもった声で彼女は言う。

すこしの沈黙ののち、えり叔母さんはやや真面目な声色でさりかちゃんに尋ねる。さりかちゃんはどうして、そんなにお勉強がしたいのかな？　さりかちゃんはすかさず言った。ちゃんとお勉強すれば、学者さんになれるでしょう。そうすれば、パパといっしょにお仕事ができるでしょう。

そのとき、さりかちゃんのおかあさんの手が僕の視界にはいった。細い指さきはほんのすこし震えてから、なにかを摑もうとするみたいに握られた。視線をあげると、さりかちゃんのおかあさんがさりかちゃんをまっすぐ見据えていた。えり叔母さんがなにかを口にしようとしているのがわかった。けれどそれよりもまえに、さりかちゃんのおかあさんが口を開いた。きっとそうね、とちいさく呟いた。

二月に入り、二度目の雪が降った。土曜日だった。

朝、えり叔母さんの家で目が覚めてカーテンを開く。食卓の椅子を運んできてよじ登ると、マンションの前の通り、向かいに立ち並ぶ一軒家、すこし離れた公園に茂る背の高い木々、すべてが白い雪に覆われて光っているのが、ベランダの柵の向こうに見渡せた。

積もったねえ。そばに寄ってきたえり叔母さんが言う。さりかちゃんも誘って、公園で雪遊びをしようか。僕が頷くと、えり叔母さんはそのままさりかちゃんの家に電話をかけた。さりかちゃん本人が嬉しそうな声をあげるのが、受話器から漏れ聞こえてくる。さりかちゃんのおかあさんは用事があり、三人で行くことになった。手袋をはめて、耳まで覆う毛糸の帽子をかぶる。ダウンジャケットを着て、長靴を履いて玄関をでる。

公園ではすでにたくさんの子どもたちが賑やかに遊んでいた。どこからどこへとたどったものかわからない入り乱れた足跡はところどころで、芝生の緑や土の色を覗かせていた。すこしがっかりした様子の僕らを先導して、えり叔母さんが公園の奥のほうへと向かう。公衆トイレや自動販売機のある隅の一角のさらに向こうへと進んでゆく。

まだ踏み荒らされていないまっさらの雪が、そこには広がっていた。どうして知ってたのとさりかちゃんが驚いて言う。きみたちの生まれるよりもずっとまえから、天くんのパパとわたしは、この公園で遊んできたんだから。えり叔母さんはそう言って雪に膝をつくと、そのままうつ伏せに倒れた。絨毯《じゅうたん》のように広がる雪はえり叔母さんのからだを、ほとんどなんの音も立てずに受け止めた。

僕とさりかちゃんはまず、大きな雪だるまをつくろうと試みた。固めた玉をいくら転がしてみてもおもったとおりのまんまるにはならなかったけれど、えり叔母さんが重ねてみると、きちんと雪だるまの佇まいになった。それから雪合戦をした。互いにぶつけ合うというより、キャッチボールのように優しく投げ合った。さりかちゃんが丸めた玉を僕が受け止めようとすると、雪は花火みたいに弾けて散り散りになった。たしかにつかんだはずの雪玉が手のなかから消えるのは、父との旅で遊んだおもちゃとはまるきり反対の感覚がした。

弾けた雪をかき集めるようにして新たに玉をつくり、さりかちゃんに投げる。宙を行くうちにも雪玉は細かな粉を散らし、それが陽光を受けてきらめく。どうにかかたちを保ったまま玉は彼女のもとに届いたけれど、やっぱり手からこぼれ落ちて、すぐさま地面の雪に紛れて消えた。僕らは珍しく部屋でゲームをするのではなくて、からだを動かして遊んでいた。雪はとても冷たかった。それでも思い切り遊ぶうちに汗をかいた。息ははずみ、白い雪が照り返す光に目がちかちかした。

僕らは遊び疲れるとまだ踏み荒らしていないまっさらの雪のほうへ向かい、えり叔母さんがそうしたみたいに寝転んだ。さりかちゃんと僕の荒くなった息遣いだけが静寂のなかに響いていた。もちろんそばの通りでは自動車が騒々しく走り、公園のべつの場所では子どもたちが喚声をあげて遊んでいた。でも、そうした音はほとんど耳に届かなかった。降り積もった雪によって、音は行き来することをしばし休んでいるみたいに感じた。時間までその流れを止めているようにおもえた。肌に覚える冷たさと、からだの内側の熱がうまく釣り合っていて、そのままいつまでも寝転んでいたい気分だった。このまま雪が解けず、時間も動き出さず、いつまでもこうしてさりかちゃんと一緒にいられたらいいとおもった。小学生になっても、中学生になっても、こうした時間が変わらずつづいてゆくにちがいないと、僕はおもっていたかった。

公園の管理棟のような建物のなかに休憩スペースがあり、僕らはそこで温かいココアを飲んだ。ダウンのなかはまだ暑いぐらいだったけれど、指さきや頬や耳がずいぶん冷えていることに、温かい缶を手にして気がついた。

ねえ、えりちゃん。熱いココアに慎重に口をつけながらさりかちゃんが言う。なあに、さりかちゃん。ふたりは歳のちかい友だちみたいにそう名前を呼び合うようになっていた。さりかのママね、もうすぐ働くかもしれないんだって。何気ない口ぶりで彼女は言う。そうね、おかあさんから伺ったわ。えり叔母さんが返すと、さりかちゃんが尋ねる。うかがった？　そう、うかがった。教えてもらったということ。大人の言葉遣いをさりかちゃんがえり叔母さんから教わるのも、いつものことだった。病院で働くかもしれないのよね。えり叔母さんが言う。そう、病院の受付。ココアがおもっていたよりも熱くなかったのか、さりかちゃんは缶を傾けて飲む。

病院の受付より、学者さんのほうがすごいでしょう？　やがてさりかちゃんが言った。えり叔母さんの手が缶を握ったままかたまる。えり叔母さんは口を開く。いいえ、そんなことない。どちらも大切なお仕事だよ。きっぱりとした口調だった。さりかちゃんは一度、えり叔母さんの顔をみた。それから表情を変えもせず、ふうん、とだけ声をこぼした。

えり叔母さんがなにかを言おうとしているのがわかった。けれどそのまえにさりかちゃんが、さりかは、科学者になるほうがすごいとおもうな、とつづけた。えり叔母さんはなにも言い返さなかった。それからしばらくのあいだ缶に口をつけず、ただ握ったままにしていた。

僕らが家に行くと、さりかちゃんのおかあさんはすでに用事を済ませて、ケーキを用意して待っていてくれた。夕飯まえには帰るという約束で、さりかちゃんと僕はゲームで遊んだ。

さりかちゃんはもうほとんどの敵を倒し、ゲームのなかの世界を冒険しつくしていた。勇者の命の残量を示すハートの数は僕の進めているものよりもずっと多く、集まった道具の数は比べようもない。あとは最後の敵が待つ城へ向かうだけだった。でも、僕と一緒にいるあいだ、さりかちゃんはゲームを進めることをしなかった。すでに用を終えた村へと引き返し、民家に隠されている宝の場所や、話しかけることでささやかな知識が得られる村人の存在を僕に教えてまわった。

さりかちゃんのおかあさんとえり叔母さんは食卓でおしゃべりをする。さりかちゃんと僕はテレビのまえの大ぶりなソファに並んで座り、ゲームに励む――それはこの家に遊びにくるようになって以降、何度となくくりかえしてきた日常の光景だった。

声をかければなんなく聞こえる距離なのに、互いに会話やゲームに集中していると、向こうからの声はいっさい届かなくなった。僕らは透明なシャボン玉の内側にいるみたいにして、大人たちに内緒の話すらできた。

　あのね。テレビ画面にまっすぐに目を向けたまま、さりかちゃんが口を開く。さりかも天くんもきっともうすぐ、このゲームをクリアできるでしょう？　僕のほうはまだずいぶん時間がかかるはずだった。けれど期待に応えたくて、うん、と相槌を打った。山道を転がってくる大きな岩をうまく避けながら、さりかちゃんは話をつづける。クリアしたら、そうしたらさりかたちはね、もうゲームをやめるの。

　隣に座るさりかちゃんに目を向ける。彼女は平然とした表情で、変わらず巧みにコントローラーを操っている。さりかちゃんの言う意味が、僕にはよくわからなかった。クリアをしたらゲームは終わる。それは当然のことで、けれどさきほどの彼女の口ぶりにはちがう意図を感じた。このソフトに限らず、ゲームで遊ぶことそのものをやめる。彼女はそう言っているのだと、僕はやがて理解した。

　いまやっているロールプレイングゲームのほかにも、さりかちゃんは好きなゲームソフトがいくつかあるはずだった。それにこのロールプレイングゲームにはもうすぐ2《ツー》がでる、つまり続編がでるのだと、少しまえに興奮して教えてくれたのは、さりかちゃんのほうだった。2《ツー》がでたら、今度はふたり同時にはじめよう。一緒に冒険を進めよう。さりかちゃんがそう話したのは、ついこのあいだのことだった。

僕は驚き、しばらくのあいだ言葉もでなかった。どうして？　ようやく僕は尋ねる。だって。すぐさまさりかちゃんは言った。だって、お勉強をしなくてはいけないでしょう。

展覧会のさりかちゃんの絵が頭に浮かんだ。色鉛筆を使い、熱心に、細かに描かれた絵。いつかパパと一緒に仕事をするために勉強に励む未来のじぶんの絵なのだと、さりかちゃんはあのとき言った。彼女にとって勉強というものがとても大切なものだということは僕にももうわかっていた。

でも、ゲームをやめるだなんておかしい。僕の胸のうちで戸惑いが、焦りが渦を巻きはじめた。あのゲームはそう簡単に放り出していいものではないはずだった。地形や村人のセリフからヒントを得て、進むべき方角をみつける。それはさりかちゃんのように聡く生きるための道筋を示しているはずだった。未知の敵が待ち伏せる洞窟や部屋に飛びこんでゆく。それはさりかちゃんのように勇敢でいられるかを試しているはずだった。僕にとってあのゲームはもう、ただのゲームではなくなっていた。

百歩譲って僕がゲームをやめるのはいいとして、さりかちゃんがやめていいわけがないとおもった。さりかちゃんはゲームのなかの世界を知り尽くしていた。妖精が舞う緑豊かな森、人魚のような一族が住まう里、そのほかたくさんの土地を含んだすべてがそのまま、さりかちゃんの内側に広がっている。ゲームをやめてしまうということは、そうして築き上げてきた広がりをまるごと捨ててしまうことだった。

呼吸が速まり、やがて息が詰まった。いやだよ。どうにかそう口にした。僕の声はほとんど泣き声になっていた。さりかちゃんは驚いた目をして僕をみる。そのように僕が彼女に反意を示すのは、はじめてのことだった。でも、さりかちゃんは怯まなかった。天くん、だいじょうぶだよ。年少組の子にかけるような声で言う。そして僕の手を強く握る。

さりかたちはね、今度は一緒にお勉強をするんだよ。ゲームとおなじ。ね。さりかと一緒なら、たのしいでしょう——そう言って彼女は顔を寄せて、まっすぐに僕の瞳をみつめる。僕はなにも言えなかった。ゲームのほうがずっと大切じゃないか。口には出さず、胸のなかでだけそうくりかえした。でも、本来なら彼女のほうがずっと深くそのことを理解しているはずだった。

大人になったらね、ゲームはしないんだよ。さりかちゃんがつづけた。えりちゃんも、天くんのパパも、みんなゲームをしないでしょう？　僕は口を開いたら涙が出てしまいそうで、唇をかたく結ぶ。そう言われてみればそのとおりだった。父も、えり叔母さんも、祖父母も、みんなゲームをしない。だから、さりかたちもやめなくちゃいけないの。さりかちゃんはそう言うと、僕の髪を優しく撫でた。

ついに涙が滲み、視界が歪んだ。ねえ、お約束しよう。さりかちゃんが言う。お約束？　僕が聞き返すと、さりかちゃんは、そう、と呟いて左右両方の手で僕の手を包んだ。がんばって一緒に、お勉強してくれる？　一緒に大学生になって、学者さんになってくれる？　それでね、わたしたちはイギリスに行くの。混乱した僕の頭にいつか先生たちが広げていた世界地図が浮かぶ。

お約束してくれたらね、すごいものをあげる。さりかちゃんは声を潜めて言う。あのね、ほんとうは内緒なんだけどね、教えてあげる。ちゃんとお約束してくれたら、さりか、天くんにチョコをあげる。ただのチョコじゃないよ。バレンタインのチョコ。彼女の声は興奮で次第に大きくなってきていた。明日ね、ママと作るの。内緒だったんだけど、言っちゃった。さりかちゃんはさらに強い力で、僕の手を握った——ねえ、だからお願い。

さりかちゃんの瞳が夜の水たまりみたいに暗く光っていた。足を踏み入れたらどこまでも落下してしまいそうな底抜けの暗さだった。その目を向けられることに、僕はもう耐えられなかった。いますぐ駆け出してえり叔母さんに飛びつきたかった。けれどさりかちゃんの強く握る手が、それを許さなかった。いつものさりかちゃんの笑顔にもどってほしかった。うん。だから僕は声を絞り出して、そう言った。

本当？　さりかちゃんが大声をあげ、ソファから立ち上がる。約束だよ！　彼女はそのまま興奮して、食卓にいるふたりのもとへ走っていった。どうしたのよ、さりか。彼女のおかあさんが言う。内緒、という高い声が部屋中に響く。さりかちゃんのおかあさんとえり叔母さんはわけもわからないまま、揃って笑い声をあげる。

翌日の日曜日、寝室から起き出してきた僕をみて、えり叔母さんが言った。ほっぺが真っ赤。僕は熱を出した。体温計は三十八度を示していた。えり叔母さんは手厚い看病をしてくれた。僕自身はただ寝転がっているだけで、水分を摂るのも、着替えるのも、温かいタオルでからだを拭くのも、すべてえり叔母さんが済ませてくれた。じぶんではなにをしようとも、どこへ行こうともしない赤ん坊にもどった気分だった。

夕方をピークに熱が下がりはじめると、かえって頭が重たく感じた。ぼうっとしていたあいだに感じたあの赤ん坊のような心地が恋しくて、熱がまた上がってくれたらと僕は願った。日差しに曝《さら》される雪だるまもこんな気持ちかもしれないとおもった。みじめに輪郭を解かしてゆく雪だるまはしかし、暖かな光にむしろそのからだを差し出していたのかもしれなかった。

目が覚めてはまた眠り、眠っては覚めるをくりかえす夜中のほとんどの時間、えり叔母さんがそばについていてくれた。かわいそうに。額の冷却シートを取り換えながらそう呟くのを聞くと、熱が上がったらいいとおもったことが後ろめたくなった。ようやくまとまった深い眠りが訪れたのは、明け方ちかくなってからだった。

午前十時に起きたとき、そばにいたのはえり叔母さんではなく、ゾウのおばあちゃんだった。仕事に出かけたえり叔母さんのかわりにやってきたらしかった。つらい？そう聞かれて僕は頷けばいいのか、首を横にふればいいのか、よくわからなかった。つらい症状はとくにない。でもじぶんが弱っているのだということは、漠然とわかる。

ゾウのおばあちゃんはすっとする味のおかゆをお昼に作ってくれた。生姜粥というらしかった。やけどしないようにほんのひと口ずつ生姜粥をスプーンですすっていると、じぶんが傷を負った猪や鹿のような動物になった気がした。傷の所在だけがよくわからないままだった。腕にあるのか、脚にあるのか、それとも腹にあるのか。なにかがおかしいことははっきりとわかるのに、からだをあちこち探ったそばから、傷口がべつの場所に逃げ出してゆくようだった。

それから三日間、熱は上がったり下がったりをくりかえした。えり叔母さんの家に留まり、月曜日はゾウのおばあちゃんが、火曜日には父が僕を看病した。三人で都合を話し合い、水曜日の午前中に僕はゾウのおばあちゃんの家にタクシーで移動することになった。三日間、僕はほとんどのあいだ眠っていた。弱った動物にできるのはただじっとして、痛みをなるべく遠ざけるために、意識を曖昧にさせることだけだった。

木曜日の朝、ずいぶんからだが軽くなっているのを感じた。ベッドから起きてアニメのビデオをみていられるようになった。熱は三十六度台の平熱まで下がっていた。これなら明日には、幼稚園に行けるかしらね。体温計を手にしたゾウのおばあちゃんがそう呟いたときだった。短い、鋭い痛みが胸に走った。今日いち日、しっかり安静にしましょう。ゾウのおばあちゃんがつづけた。僕は曖昧な返事をした。

お昼にはまた生姜粥を食べて、ビデオを何本かみた。真冬だというのに春めいた陽光が差していて、窓のそとは輝いてみえた。幼稚園ではもしかするといまごろ、気持ちがいいからお散歩をしましょうといって、二列になって近所の川沿いを歩いているかもしれなかった。

ゾウのおばあちゃんの言いつけに従い、なるべく穏やかに、じっとして過ごそうと心がけた。けれど夕方には、深刻な退屈が僕を襲った。ベッドのうえの天井を見上げる。寝返りを打って、窓のそとの景色に目を向ける。布団を蹴飛ばしてみたり、思い切り抱きしめてみたりする。でもそうして一秒、一秒を過ごしてゆくにはいち日は途方もなく長かった。そしてゾウのおばあちゃんの家はあまりに静かだった。なににも脅かされないかわりにどんなものも訪れない、永遠に凪いでいる湖面を漂うみたいだった。

そんな様子を見かねたのだとおもう。やがてゾウのおばあちゃんがベッドのそばまでやってきて、僕に尋ねた。ゲームをする？

慣れない手つきでゾウのおばあちゃんがゲーム機をテレビに接続する。画面の位置を動かし、僕の背中に枕をあてがって、布団にはいったままゲームができるように整える。電源を入れる。寝室の棚の上に置かれたちいさなテレビに、見慣れたゲームの画面が浮かび上がってくる。テンという名前のセーブデータを選択するとほんの一瞬で、前回までに僕がたどり着いた場面が呼び起こされる。

ゲームをやりたい気分ではなかった。でも、あまりにも僕は退屈していた。そしていざゲームのなかの世界に立たされてみると、勇者が向かうべきさきは明らかだった。暗い廊下の壁に点々と灯るロウソクが怪しくゆらめき、奥へと進むことを僕に命じていた。なにを考えるまでもなく、僕の手はコントローラーを動かしていた。

そこは森の奥深くに隠された朽ちた神殿だった。内部の構造は入り組んでいて、要所要所の扉は錠で閉ざされている。敵と戦いながらいくつもの部屋を巡ってゆき、前回僕はようやく、特に大きな扉を開くための重要な鍵をみつけたところだった。

石積みの壁。古めかしい赤いカーペット。壁のロウソクのほかはあくまで薄暗い室内。踏み出すたびに靴音が高い天井に反響した。コウモリや食虫植物やガイコツの敵はそこかしこに潜んでいて、角を曲がるたび、扉を開くたび、剣を手に身構えなければならなかった。

さほどでもない高所から梯子をつかってゆっくりと降りてゆく。飛び降りてでんぐり返しで着地するのがはやいんだよ。頭のうちでそんな声が響く。何度もそう教えられたけれど、もし着地に失敗したら命の残量を表すハートの数が減ってしまうので、かならず梯子をつかった。ゲームのなかでも僕は悠長で、そして臆病だった。

高階まで吹き抜けになっている玄関ホールへ一度もどる。画面の端に表示されたマップにしたがい、向かうべき方角をたどる。そのとき、鋭い鳴き声が響く。羽音がこちらに迫ってきているのがわかる。コウモリが赤い口を開き、白い牙を光らせて突進してくる。簡単だよ。僕はタイミングをはかって剣を縦に振る。ゲームをはじめたころにはいちいち手こずっていたコウモリを、僕は簡単に倒せるようになっている。断末魔の叫びとともに敵が姿を消すと、そこに赤いハートが現れ、ひらひらと床に舞い落ちる。いま命は満杯なのでなんの意味もなさないそのハートに、ひとまず触れておく。それはいまでは僕の習慣になっている。

扉を開いたさきには狭い廊下がまっすぐに延びている。暗い廊下の雰囲気を目にしただけで、鼻に湿った匂いが漂ってくる気がする。反対側の扉に行き着くまでには、ひとの大きさほどもある食虫植物の敵が何体も、僕がそばに寄るのをよだれを垂らして待ち構えている。でも、うまい具合にジグザグに進むことで噛みつかれずに済むことを、いまでは僕は知っている。そうと教わる以前は無駄な戦いをして、ハートをいくつも減らしてしまっていた。

僕は大きな扉のある広間へとたどりつく。その向こうにはこの神殿を支配する巨大な敵がいる。どうにか倒すことができたなら、この森を出て、広大な草原を渡り、またべつの村でべつの敵に立ち向かうことになる。そのような旅を何度か重ねる。やがて世界を荒廃させた黒幕が現れ、その黒幕を倒した末に、攻略本にちいさい画像が載っていた、あの青い世界が待っているはずだった。

大きな扉の両脇に三つずつ壺が並んでいた。強力な敵と対する直前の部屋には、こうしてハートを回復させるためのアイテムが用意されているのが常だった。壺をひとつ割り、ふたつ割り、みっつ割る。どの壺からもハートが出てくるけれど、変わらずハートはいっぱいなので意味をなさない。

扉の反対側に回り、ひとつめの壺を割る。するとピンク色に光る妖精があらわれて、僕の周りをふわふわと飛んだ。それはつかまえて空き瓶に入れておくことで、敵にやられてしまっても一度息を吹きかえすことのできる、貴重な妖精だった。つ、か、ま、え、て。声がまた僕の頭のうちで響いた。

瓶を取り出さなくてはとおもう。しかし、画面のなかの勇者はなぜだか動きを止めてしまっていた。僕は正しいボタンをちゃんと押しているつもりだった。でも、動かなかった。妖精は近寄ったり遠のいたりをくりかえしたすえに、どこかへと飛び去っていった。僕は、勇者は、ただそれをみていた。残された壺に向かうこともなく、手に剣をもったままで立ちすくんでいた。

やがておどろおどろしい音楽が流れだし、そのことで敵が近づいてきていることがわかった。さきほど倒したのとおなじコウモリが滑空してきて、僕に体当たりした。画面の左上に並んでいるハートのひとつが、半分に欠ける。もう一度体当たりされると、ハートがひとつ消える。また欠けて、また消える。僕はただその様子を眺めている。

体当たりをされるたびに画面のなかの勇者が、うあっ、と苦しげな声を漏らす。その声は、コントローラーを握る僕の胸にも苦い、焦りに似た感覚をもたらす。それでも僕は黙ったままでいた。痛みにあえぐ画面のなかのじぶんを、無言のままみつめていた。

ハートの数が残りひとつになると警告音が流れはじめる。そこでようやく勇者は、僕は動き出して、鍵のかかった大扉には向かわず、もと来た道をもどってゆく。狭い廊下をもうジグザグにではなく、まっすぐに駆ける。たまたまタイミングがうまくいったのか、飛びかかってくる食虫植物を逃れることができる。階段を下り、階段を上る。またべつの廊下を抜けて、吹き抜けのある玄関ホールへともどる。

僕はなにをしているんだろう？　そう疑問が浮かぶ間にも、勇者は走りつづける。出口に向かうと画面が短いあいだ真っ暗になってから、崩れかけの神殿の外観に切り替わる。薄暗い森のなかでぽっかりと拓けた、豊かな日が注ぐ一角。警告音が変わらずけたたましく響いていた。目についた茂みを剣で払うとちょうどハートが現れて、警告音を止めることができた。そのまま来た道をもどることをつづける。道のりはちゃんと覚えていた。その神殿にたどりつくまでに僕は先週、たっぷり三日間をかけていた。見覚えのある景色が過ぎてゆく。ハートや、矢や、ほかのさまざまなアイテムが詰まっている壺や箱を素通りする。

森を出て、広大な草原に立った。僕はどこへ向かうでもなく走っては歩き、歩いては走った。意味のない前転をくりかえした。勇者としては一刻も早く、森の奥の神殿にいる敵を倒さなくてはならなかった。そしてまたべつの里に向かい、村人たちを助けなくてはならなかった。

夕暮れの空はオオカミの遠吠えがどこかから響くと、またたくまに暗く沈む。世界が闇に包まれてゆく。草原は夜になると地面のあちこちが蠢《うごめ》き出して、ガイコツの敵が現れる。彼らは死者だった。何体もの死者たちがいままさにそばに寄ってきて、骨だけの腕を高く振り上げていた。ガイコツの強力な一撃はきっと、残り少ない僕のハートの残量を0にしてしまう。僕は死んでしまう。

そこでメニューボタンを押した。画面が切り替わり、道具の一覧や世界地図がそこに現れる。僕はセーブボタンを押す。セーブされました。そう表示されたのをみて、コントローラーを脇に置く。草原に張りついたままの勇者を置き去りにして、僕は枕もとのリモコンを手に取り、テレビを消す。

電源の落ちたテレビの黒い画面は、部屋のなかをぼんやりと反射していた。ベッドがあり、人影がある。もうすっかり夜なのにパジャマ姿のままでいる、平熱なのに幼稚園をずる休みしたじぶんの姿がそこにあった。

さりかちゃんに会いたくないのだ。僕はようやくそのことを悟った。もうさりかちゃんに会いたくない。一度考えだすともはや押し留めるのもきかずに、思いは胸のうちでどこまでも膨らんでゆく。風邪を引いて臥《ふ》せていたこの数日、僕はずっとそのことから目を逸らしていた。そんなことを考えてはならないとおもっていた。取り返しのつかない気持ちをたったいま、じぶんは認めてしまった。明日には、幼稚園に行けるかしらね。ゾウのおばあちゃんにそう言われたとき感じた胸の痛みがいま、耐えがたいほどに激しくなっていた。

喉が鳴りそうになるのをどうにか抑える。声を出したくなかった。泣いていることをゾウのおばあちゃんに悟られたくなかった。泣いている姿を誰かにみられたら、この取り返しのつかない気持ちが、さらにたしかなものになってしまうと感じた。布団を頭まで被って、暗闇に暗闇を上塗りするみたいにかたく目を瞑る。息が声にならないようにするため口を大きく開いて、空気を通らせるままにした。そうしているとよだれが口の脇から溢れた。布団のなかは湿っぽく、暑苦しくなっていった。

さりかちゃんは全部を捨てようとしているのだと、僕はおもった。七年の時を超えた勇者も、さまざまな場所に隠された宝箱も、さきへ進むための知恵も、敵に挑むための勇気も。緑が豊かに茂り、川が日を受けて輝き、さまざまな村にひとびとが暮らすあの世界まるごと、彼女は取るに足らないものだと言っていた。

わたしたちはイギリスに行くの。さりかちゃんは言った。彼女はイギリスに残ったおとうさんのもとへ向かおうとしていた。そのために彼女はゲームを捨て、勉強に励もうとしていた。僕は展覧会の日にみたさりかちゃんのおかあさんの手を思い出した。彼女が置いていこうとしているその手。一緒にお勉強をして、一緒に大学生になって、一緒に学者になる——僕はさりかちゃんにそう約束してしまった。

僕が日本に置いていかなければならないもののことをおもった。えり叔母さん。ゾウのおばあちゃん。父方の祖父母。そしておとうさん。カーテンの向こうで丸まっていたおとうさんの背中を思い出す。僕はまたあの赤い光を探して、そしてじぶんの奥深くで眠るおかあさんの思い出をみつけだすはずだった。それをおとうさんに手渡すはずだった。イギリスに行くことはつまり、カーテンの向こうのあの丸い背中を置き去りにするということだった。

布団の暗闇のなかで僕はなるべくちいさくなろうとした。からだをかたく縮こめることで、ハミガキのチューブみたいにしてじぶんの一番深い部分にあるものまでそとに吐き出してしまいたかった。空っぽになりたかった。約束も、思い出も、あのすばらしいサンドイッチでさえも全部手放してしまいたいとおもった。だから涙も鼻水もよだれも、もっと出ろ、もっと出ろと唱えた。汚らしく垂れ流したまま、布団に染みこませていった。

ふいに背中のあたりを冷たい風にさらわれる感覚と、目がくらむような眩しさが訪れた。殻のように身につけていた布団がめくられると、パジャマを着ているのに、まるで丸裸にされて道に放り出されたような気になった。薄目をあける。明るさに慣れず涙で滲んだままの視界に、ゾウのおばあちゃんの姿をうっすら捉える。

あらあら。ゾウのおばあちゃんは静かに言うと、ベッドサイドに置かれたティッシュケースから二枚、三枚と重ねて取り出して、僕の目や鼻や口を拭った。それからパジャマや布団にそっと触れると、いちど部屋を出てタオルと着替えを持ってもどってきた。パジャマを脱がされ、からだを拭われ、そしてまた新しいパジャマを着させてもらうあいだもずっと、僕の嗚咽《おえつ》はつづいた。

お目めが二重。ふとゾウのおばあちゃんがそう呟くのが聞こえた。なんのことだかわからず、僕はゾウのおばあちゃんの顔をみた。でも、それ以上言葉はつづかなかった。それからしばらくのあいだゾウのおばあちゃんは、僕の涙や鼻水やよだれを拭うことをつづけた。ゾウのおばあちゃんはなにを問うことも、言葉をかけることもしなかった。

電話が鳴り、ゾウのおばあちゃんが部屋を出てゆく。ようやくすこしだけ落ち着きつつあった僕の内心がふたたびざわめく。すこししてもどってきたゾウのおばあちゃんが電話の子機を差し出して言う。えりさん、具合はいかがって。僕はおそるおそる子機を耳にあてた。具合はどうかな。そう短く体調について尋ねると、えり叔母さんはすぐさま本題を切り出した。さりかちゃんがね、渡したいものがあるんだって。約束だよ。彼女の声がはっきりと頭に浮かんだ。

僕は押し黙ることしかできなかった。ねえ、どうかな。えり叔母さんが重ねて尋ねる。俯《うつむ》いたままの僕の目のまえに、ふと手が差し出された。ゾウのおばあちゃんは電話を手に取ると、えり叔母さんに向かって言った。まだ具合がよくないみたいね。いくつかのやりとりがあって、電話は終わった。ゾウのおばあちゃんは相変わらずなにも尋ねなかった。もうすこししたら晩ごはんにしましょう。それだけ言って部屋を出ていった。

翌日の金曜日、熱は三十六・二度まで下がった。体温計は僕のからだがもうすっかり元気を取り戻していることを示していた。その日もまったくおなじやりとりを電話口でくりかえした。えり叔母さんはもうはっきりと、僕に事情を伝えていた。さりかちゃんがチョコを作ってくれたから、受け取らなくてはいけない。チョコは食べものだから、いつまでも取っておけるわけではない。口調は厳しかった。ゾウのおばあちゃんはそばにいて、やりとりのすべてを素知らぬ顔をして聞いていた。

土曜日の午前、薄明るい雲が耐えかねたというように、はらはらと細かい雪を落とした。その冬三度目の、そして最後の雪だった。

雪はどうしたって僕にさりかちゃんのことを思い出させた。まだ踏み荒らされていない雪の原っぱで彼女と目一杯遊んだのは、まだ一週間前のことだった。雪はえり叔母さん以上にはっきりと、絶え間なく、僕を責めているように感じた。本当はもう風邪が治っていること。それなのにさりかちゃんに会おうとしないこと。約束を破ろうとしていること。それでもなぜだか僕は雪から目を離すことができず、居間のソファに身を丸めて、植栽が白く染まってゆくのを眺めていた。雪の白さが眩しく、ほんのりと瞳が痛んだ。まばたきをくりかえすうちに、目から涙がこぼれかけていた。

気がつくとそばにゾウのおばあちゃんがいた。食卓の椅子をソファの隣に引き寄せ、そこに腰を下ろした。積もらなそうね。ふだんよりもいっそう低い声だった。雪はたしかに地面に触れるとわずかに土を湿らせるばかりで、そのまま姿を消していた。

ふたえ。僕はそう呟いた。雪をみていて、ゾウのおばあちゃんが隣にいて、なんでもいいからなにかを話したかったのかもしれない。数日前にゾウのおばあちゃんがそう呟いたのを覚えていた。ふたえ？　ゾウのおばあちゃんは一度そう聞き返してから、ようやく思い当たったという顔をした。

風邪を引くと、天くんの目は二重になる。そう言って指さきでじぶんのまぶたを指し示す。おばあちゃんはふだんから、二重。天くんはふだんは一重で、風邪を引くと二重。僕はじぶんのまぶたに触れてみる。触れるだけでは一重も、二重も、よくわからなかった。もう、一重にもどっているみたい。ゾウのおばあちゃんが言う。風邪がすでに治っていることを指摘されたみたいに感じて、胸がどきりとする。

あなたのおかあさんもそうだった。ゾウのおばあちゃんがそう呟いた。ゾウのおばあちゃんがおかあさんのことを話題にするのは、珍しいことだった。おかあさんのまぶたを僕は思い出そうとする。しかし顔そのものは浮かんできても、まぶたという細部を思い描くのは難しかった。

まぶたを指さきで撫でつづける僕をゾウのおばあちゃんはみていた。そして、なにかを言おうとしていた。さりかちゃんのことについて、僕を叱ろうとしているのではないか。そうおもい僕は身構える。えり叔母さんと僕が電話で話すあいだ、ゾウのおばあちゃんはずっとそばにいた。すっかり体調がもどっているのに黙りこみ、元気のないふりをつづけている僕を見抜いていているはずだった。

ゾウのおばあちゃんは窓のそとに視線をもどして、口を開いた。雪をみているとね。声はなおさら低く聞こえ、太い脚で大きなからだを運んでゆくゾウの足取りをおもわせた。雪をみていると、時間が過ぎていることが、目でみてわかる。ゾウのおばあちゃんはそうつづけた。どうやらさりかちゃんの話ではなさそうだった。

僕はゾウのおばあちゃんがみつめているさきへと目をやる。ちいさな雪片が窓のうえから現れ、そのまま地面へとまっすぐに落ちてゆく。たぶん、雨では速すぎるのね。ゾウのおばあちゃんは呟くように言い、短いため息をついた。なにを言おうとしているのか、僕にはよくわからなかった。果てしない荒野を雨よりも雪のようにゆっくりと進むゾウの姿だけをぼんやりと頭に思い浮かべていた。

いつかきっと、いろんなことがわかるようになる。やがて、ゾウのおばあちゃんが言った。僕ははっとしてゾウのおばあちゃんをみた。それはずっと以前、母が死んでしまった前後に大人の誰かが僕に話したことだった。わけもわからず鼓動が速まるのを感じた。天くんにはきっと、いろんなことがわかるようになる。おばあちゃんにはわからない、たくさんのことが。僕はゾウのおばあちゃんの目をみていた。瞳は窓のそとの雪を映して、うっすらと白く染まっていた。ゾウのおばあちゃんの内側には本当に、ゆっくりと歩みつづけるゾウが、そして一面白く染まる雪原が広がっているのかもしれない。そんなふうにおもわせる、暗く白い瞳だった。

幼いじぶんにはまだわからない、大人になってはじめてわかる物事がある——僕はその言葉を、そうした意味だとおもいつづけていた。けれど、いまゾウのおばあちゃんが言っているのはちがった。遠いいつか、僕にだけわかるようになることがある。白い雪を真剣な瞳でみつめながら、ゾウのおばあちゃんはそう言っていた。僕らはとても長いあいだ雪を眺めつづけた。遅々とした歩みを決して止めることのないゾウの音にならない足音にじっと耳を傾けた。

夕方、チャイムが鳴った。そのとき僕は寝室にいて、ウルトラマンの人形を握りしめてベッドに寝転がっていた。ゾウのおばあちゃんが応対する声が聞こえた。廊下をこちらに向かってくる足音がした。短いノックが二度あり、僕は無言のまま身を起こした。えり叔母さんと顔をあわせるのは水曜日以来だった。ベッドに座る僕の隣に腰を下ろして、あのね、と柔らかい声で話を切り出した。さりかちゃんが来てくれているのよ。

そう言われることが僕はわかっていたような気がした。玄関のチャイムが鳴るよりもまえ、朝起きたそのときからじぶんは、今日さりかちゃんがえり叔母さんとともにやってくると予感していたのだとおもった。えり叔母さんの声は穏やかだった。電話口から聞こえた鋭い声とはちがっていた。僕がただの気まぐれでチョコを受け取らずにいるのではないと、えり叔母さんもどこかで理解しているようだった。

えり叔母さんと手を繋いでベッドから立った。僕は薄手のTシャツとパジャマの下という格好だった。なんだか心許なかった。コートを着て、マフラーを巻いて、できることならそのうえに帽子も被りたかった。

さりかちゃんは彼女のおかあさんとともに玄関に立っていた。どちらの顔も僕はみることができなかった。ちらりと視界にはいったかぎりでは、さりかちゃんもまた顔を俯かせて、おかあさんの手を握っていた。天くん、お風邪引いているのに、ごめんね。さりからゃんのおかあさんがそう口を開いた。甘いものが食べられそうだったら、よかったら召し上がってね。なにかの返事をしなくてはならないのはわかっていた。僕の目にはずいぶん伸びたじぶんの足の親指の爪だけが映っていた。

えり叔母さんが僕の背中にそっと手を添える。そうしてようやく僕は顔を上げ、さりかちゃんをみることができた。黄色のリボンが結ばれた白い箱を、さりかちゃんが僕に差し出していた。それはちいさい箱だった。あの青いタッパーのお弁当箱とは比べようもなくちいさかった。ありがとうね。そう口にしたのは僕ではなく、えり叔母さんだった。ね。えり叔母さんが僕に向かって言う。それで僕はどうにか、ありがとう、と言葉にすることができる。白い箱が僕の手に渡る。箱は軽く、まるで中身はなにもはいっていないのではないかとおもうほどだった。

さりかちゃんはふりかえり、彼女のおかあさんに抱きついた。おかあさんのあの細い手が彼女の頭を撫でるのが、僕の目にみえた。よかったね、さりか。彼女のおかあさんが言った。ねえ、せめてお茶だけでも飲んでいって。えり叔母さんがそう言うと、帰る、というさりかちゃんのくぐもった声が聞こえた。そうね、まだ無理してはいけないわ。彼女のおかあさんが言う。それじゃあ、また元気になったら遊ぼうね。さりかちゃんのおかあさんがそう言い残して、ふたりは帰っていった。玄関の扉がいつもよりも大きな、冷たい音をたてて閉まった。

僕はそのまま玄関で立ち尽くした。えり叔母さんはそんな僕のそばにしばらくのあいだ寄り添っていてくれた。やがてお茶がはいったというゾウのおばあちゃんの声に、えり叔母さんが僕の手を取った。そのあと食卓の椅子に座るのも、テーブルに箱を置くのも、お茶のはいったマグカップを手に取るのも、僕はえり叔母さんの促しにただ従っているだけだった。

ハロウィンの夜、さりかちゃんとともに向き合ったのとおなじ窓をまえにして、僕はいま彼女から受け取ったちいさな箱を手にしていた。どんなチョコかな。えり叔母さんが何気ない口ぶりで言う。僕は黄色いリボンをつまんで、左右に引く。白い蓋を開くと、なかにはたったひと粒だけチョコがはいっていた。銀色のアルミカップに収まっていて、外側には細く黄色い紙でできた錦糸卵のような飾りが添えられていた。

それは僕がはじめて目にするチョコだった。かたちはきれいなまん丸をしていて、茶色い雪のようなものがふってある。このあいだの土曜日、さりかちゃんとふたりでつくった雪だるまを僕は思い出す。トリュフチョコ。えり叔母さんが呟く。きれいね。それは人の手によってかたちづくられたというよりも、長い時間をかけて地中の奥深くで生じたなにかの結晶みたいだった。

どうしても受け取ってはいけないと恐れていたチョコをいま僕はあっけなく受け取り、目のまえにしていた。触れていいものかすこし悩んでから、親指と人差し指を伸ばす。潰れてしまわないようにそっとつまんで、口に入れる。チョコは見た目よりもずっと柔らかく、すぐさま僕の口のなかに溶けて広がった。すこし苦くて、とても甘かった。噛むほどにみずみずしさを感じた。それはとてもおいしいチョコだった。

時間をかけて味わったあと、ゾウのおばあちゃんの淹れてくれたお茶を飲んだ。甘みは喉の奥へと遠ざかり、けれどその香りだけは、鼻の奥のあたりでしばらくのあいだ漂っていた。あれだけ遠ざけていたチョコはそのようにして、ちいさい白い箱だけを残してなくなった。

指についたチョコの粉を舐める。白い蓋を元通りにする。リボンももどそうとする。しかし僕には結びかたがわからず、ぐるぐると手を回すばかりになる。ほつれたリボンが絡まる白い箱が手のなかに残る。えり叔母さんが僕のことをじっとみているのがわかった。その手が僕の背中を撫で、それから頭を撫でた。えらかったね。えり叔母さんはなぜだかそう言った。叱られるのならわかった。でもじぶんのいったいなにがえらかったのか、わからなかった。そんなわけがないとおもった。

ゾウのおばあちゃんが席を立ち、さきほどからぐつぐつという音をさせていた台所の鍋のもとへ向かった。この世界でじぶんだけがあのチョコの味を知っているのだと僕はおもった。えり叔母さんも知らない。ゾウのおばあちゃんも知らない。地面に解ける雪のように少しずつ、でもたしかに遠ざかっていこうとする味の記憶を、どうにか留めたいと僕はおもう。

日が沈むと植栽にわずかに積もった雪さえもほとんどみてとることができなくなった。三人で夕食をとり、それからえり叔母さんの家に僕は向かった。お風呂にはいって、歯を磨いて、えり叔母さんとおなじベッドのうえに寝転んだ。部屋には常夜灯だけが点《とも》っていた。僕は眠りに落ちるまでのあいだ、ゾウのおばあちゃんとともに眺めた雪景色のことをおもった。それから再びさりかちゃんのつくったチョコのことを思い出したころ、えり叔母さんが部屋の電気をすっかり消した。

おやすみなさい。優しい声でえり叔母さんは言った。おやすみなさいと僕は返して、まもなく眠りに落ちた。それから三月の卒園式までのあいだ、さりかちゃんと僕が遊ぶことは、もうなかった。


お部屋はもう、ほとんど空っぽなんだって。

えり叔母さんはマンションのまえを出発するときに言った。あとは引っ越し屋さんがきて、ダンボールをトラックに積みこんでいくの。すごいんだから、力持ちのおにいさんたちが何人もきてね。さりかちゃんの家のなかが空っぽになった様子を思い浮かべようとする。けれどそれは簡単なことではなかった。テーブルも、ソファも、棚も欠かせない風景の一部として、想像のなかではぴったりと部屋にくっついてしまっていた。

僕はもうえり叔母さんの運転する自転車の後部座席に乗るのではなく、補助輪つきの自転車をじぶんで漕ぐようになっていた。卒園式が終わって最初の休みに父に連れられて、その自転車を買いに行った。光沢のある青色をした自転車でさっそくマンションのまえの道を走ってみると、漕いだぶんよりもさらに勢いをつけて進んでゆく乗り心地に僕はすぐさま夢中になった。

　後部座席から何度となく眺めてきた風景は、じぶんで走ってみるとがらりと変わってみえた。ほんの短い距離とおもっていた通りがとても長く、よく知っているはずの曲がり角を見落としたりした。自転車に乗りたいがために、あちらこちらマンションを行き来することを毎日のように大人たちにねだった。えり叔母さんや大人の付き添いなしに行き来できるようになる日も、そう遠くなかった。

　父とふたりで家で過ごす日がすこしずつ増えてきていた。おとうさんはここしばらく、元気がなかったんだ。ある夜、父がかしこまった顔をして僕に言った。これからはもっと天と過ごせる。僕はなんと言っていいものかわからずに頷いた。父の口ぶりから、それが歓迎すべきことなのだということは伝わった。それからまもなくして父はあたらしい会社に勤めることになった。遠方への出張はなくなり、早朝に家をでて夕方には帰ってくる規則正しい生活を送るようになった。

　これからはわたしの家や、おばあちゃんたちのお家を、行ったり来たりしなくて済むようになるね。なにかの会話のあいまに、えり叔母さんがそう話したことがあった。声色は父とおなじく朗らかで、けれどえり叔母さんの目はこちらをじっとみて、僕の反応を窺っているように感じた。この一年のあいだ、父よりもえり叔母さんと過ごす時間のほうがずっと長かった。それはあのころの僕にとってはとても自然なことだった。えり叔母さんは目を逸らし、なにかべつの話をはじめた。その瞳にこめられていたものを読み取ることは、僕にはできなかった。

玄関にあるインターフォンに向かってえり叔母さんが挨拶をする。僕はそのすぐ後ろに立っている。聞き慣れた声とともに自動ドアが開く。廊下を抜けてゆく。エレベーターのなかで、えり叔母さんが僕の手をとる。五階で降りて、廊下の突き当たりにある部屋のまえに立つ。扉が開く。

天くん、ひさしぶりね。さりかちゃんのおかあさんは腰をかがめて、僕と目線を近づけて言った。遠足の日の朝、園舎の玄関で目にしたのとなにひとつ変わりないあの笑顔だった。食器もなにも午前中に運んでもらっちゃったから、おもてなしもできないんだけど。えり叔母さんは、いいの、ふたりに会いに来たんだからと笑う。つい昨日も会っていたようなそぶりでふたりは話した。電話では変わらず話していたのかもしれない。あるいは大人たちにとっては二週間まえの卒園式など、昨日や一昨日とさほど変わりないのかもしれなかった。

スリッパも送っちゃった、失敗したな。さりかちゃんのおかあさんが言う。廊下には大きなスーツケースがひとつ置かれていた。たくさんのシールが貼られてははがされた跡が残っていた。さりかちゃんのおかあさんがリビングにつづく戸を開くと、そこには僕がうまく思い浮かべることのできなかった空っぽになった部屋が実際に広がっていた。

テーブルも、ソファも、棚も、テレビの置かれていた台も、壁にかかっていた時計も、広い壁を飾っていたいくつかの絵画も、なにもなかった。たくさんの絵本が並んでいたラックも、窓際に並んでいた水耕サボテンもなかった。部屋はもうさりかちゃんの家ではなくなっていた。家具がどかされて現れた壁や部屋の一角が見慣れず、僕がこの家で過ごしていた時間すら、なにかの思い違いだったのではないかという気がした。

なにもなくなった部屋の真ん中に、さりかちゃんがいた。彼女は鮮やかな黄色をした、廊下に置かれていたものの半分のさらに半分ほどの大きさのスーツケースを倒して、そのうえに腰掛けていた。

さりかちゃんは大阪に引っ越すことになった。一度は取りやめたその引っ越しをやはりすることに、さりかちゃんのおかあさんは決めた。そもそも東京にいたのも、もしかしたらおとうさんが日本にもどってくるかもしれないと考えてのことだった。でも、その可能性ももうなくなった。えり叔母さんが電話で聞いたかぎりでは、さりかちゃんはもう引っ越しにそれほど反対しなかったということだった。

僕はやっぱりさりかちゃんの顔をみることができなかった。できることならばえり叔母さんの陰に隠れたまま、時間をやりすごしてしまいたかった。でも、彼女に伝えるべきことについて昨晩、えり叔母さんと家で話し合い、練習をした。最後に言わなくてはいけないことがあるでしょう。えり叔母さんは言った。最後。その言葉が強く残った。一年ほどまえ、病室で父が母の手を握っていた光景を僕は覚えていた。べつにさりかちゃんは死んでしまうわけではない。それでも最後というのは、あのときの父の名残惜しく握りつづける手のことなのだと僕は知っていた。

白い箱をもったえり叔母さんの手が僕の目のまえに差し出される。緑色のリボンを巻いた箱を両手で受け取る。そのとき僕が考えていたのは、あの青く染まった世界のことだった。僕にはもう自分自身が悲しいのか、寂しいのか、憤っているのか、あるいは戸惑っているのか、それさえわからなくなっていた。それでもたったいまじぶんがなにかの岐路に立っていることだけはわかった。卒園式よりも、ひょっとすると教会での母の葬儀よりも大切ななにかが過ぎようとしているのかもしれなかった。

だからこそいま、カーテンすらなくなったこの部屋の広いガラス窓の向こうから、あの青い世界がやってきてくれないかとおもった。すべての輪郭を曖昧にさせ、ひとつに繋げてしまう色。ハロウィンの夜には怯えもしたあの青い世界を、いまでは僕は待ち望んでいた。さりかちゃんとの約束を守ることはできなかった。これが最後だった。それでもあの色が、いまではもう潮を引かせてしまった、この半年のあいだ僕らを満たしていた特別ななにかをもういちど呼び寄せてくれるのではないか。そう期待した。

でも、青い世界が訪れることはなかった。僕は依然として白いままの箱を手に、俯くさりかちゃんのまえに立っていた。おいしいチョコをありがとう。どうにかそう口にする。そして、さりかちゃんに向けて箱を差し出す。さりかちゃんがゆっくりと視線を箱に向ける。いっしょに遊んでくれて、ありがとう。僕はつづける。本当ならばそのあと、もっとたくさんの言葉を伝えるはずだった。その練習をえり叔母さんと何度もした。けれどそのときの僕に言えたのは、それがすべてだった。

さりかちゃんは白い箱を受け取ってくれた。そして絞り出すような声で、ありがとう、と返事をした。それがさりかちゃんと僕との最後の会話だった。目を合わせることだってなかった。僕らは半年のあいだ、たくさんのものを互いに交わした。本当ならこれからさき、もっとたくさんのものを渡しあえたかもしれなかった。

うれしいね、さりか。さりかちゃんのおかあさんがそう声をかけた。これから新幹線だと、大阪に着くのは夜遅くになっちゃうね。そう口にしたえり叔母さんの声はかすれていた。そうね、行かなくちゃね。さりかちゃんのおかあさんが言った。さみしいねと言い交わしてふたりは抱きあった。日没が近づいていた。雲に覆われた空はただ光量だけが乏しくなっていった。空っぽの部屋は青くも赤くも染まらないまま、ゆっくりとまぶたを閉じるみたいにして翳っていった。

さりかちゃんに手渡した箱には、えり叔母さんと作ったチョコレートがはいっていた。ホワイトチョコを使った白いトリュフチョコの味見はしたけれど、僕が差し出して、さりかちゃんが受け取ったそのチョコレートの味は、彼女しか知ることがない。

えり叔母さんが結婚したのとおなじ年の秋、ゾウのおばあちゃんに病気がみつかった。

僕は高校一年生になっていた。部活のない日には入院さきの病院にひとりで寄り、ゾウのおばあちゃんと話をしてから、父と住むマンションに帰る日々を送った。病状についてはゾウのおばあちゃんも、ほかの大人たちも僕には詳しく話さなかった。

小学校にはいって以降、ほとんどの日を僕は父と過ごすようになった。はじめのうち、僕らは互いにぎこちないままだった。父はおそるおそる僕に接し、僕もまたどこかで遠慮をしながら父に接した。ようやく変わってきたのは二年生になって、僕が小学校の卓球クラブにはいってからのことだった。父は卓球の勉強をはじめ、僕の練習に付き合うようになった。マンションのリビングに折りたたみ式の卓球台まで買った。ラケットのほんのわずかな角度によって、球筋が上下左右さまざまに変化する。その不思議議に僕だけでなく、父も夢中になっていった。

僕らは年に一度か二度、あの伊豆高原の別荘に旅行をした。とくになにをするのでもなく、まるで海ごと浮いているみたいなあの高台の景色に身を置いて時間を過ごした。父が作った料理をテラスで食べた。星を眺め、波の音に耳を澄ませた。僕はいつも朝が訪れるまでぐっすり眠った。だからかつてのような日の出を目にすることはなく、奇跡みたいにして母の記憶がよみがえることもうなかった。

別荘にいるあいだ、父はあたりまえのように母との思い出を話した。僕は耳を傾け、気が向くと質問を投げかけた。ふだんあまりすることのないそうした会話が、あの高台の別荘ではなぜだかできた。ときおりその別荘を訪れることは、父と僕がふたりで日常を送ってゆくために必要な時間らしかった。

ゾウのおばあちゃんは病室がよく似合う。もちろん口には出さず、僕は密かにそうおもっていた。あるいは病人という立場が馴染んでいるのかもしれなかった。マンションのあの部屋で孫の僕と過ごしていても、相変わらずゾウのおばあちゃんは多くを語ろうとも、話を引き出そうともしなかった。まるですべてが手持ち無沙汰というように料理をし、食卓のうえを拭い、棚にはたきをかけた。そしてあの広い窓のそとの景色を飽きもせずに眺めていた。

ゾウのおばあちゃんはいま大部屋の病室の、幸い窓際のベッドに横たわり、ほとんどの時間、窓からの景色を眺めていた。食事は供され、あちこちを掃除して回る必要もなく、看護師がやってきては点滴を替えたり血圧を測ったりする。よろこんだり、かなしんだり、心を動かす必要もない——そんなことすらいまのゾウのおばあちゃんには心地いいことなのかもしれないと想像した。

だからこそ、僕はなにかの話をしなくてはならないとおもった。放っておけばゾウのおばあちゃんはこの病室に居着いて、溶けるようにしていなくなってしまう気がした。でも、簡単には話題はみつからなかった。学校では日々さまざまなことが一時間目から六時間目まで、加えて放課後の部活の時間にも起きているというのに、話すに足ることなどないように感じた。日々がつつがなく過ぎているといえば、そのとおりだった。幼いころはちがっていた気がした。みるもの、耳にすること、接するひとびととのあいだのさまざまなことが僕の内心を揺さぶっていた。

それでもどうにかひねりだす話にゾウのおばあちゃんは静かに耳を傾けた。おなじ部活の優秀な先輩について。怒りっぽい教師について。購買部で新たに販売されるようになった惣菜パンについて。そうしてひととおり話したあと、気持ちがすこし安らぐのは僕のほうだった。ゾウのおばあちゃんは静かに話を聞き届けるとゆっくりと三度頷いた。差し出されたものを受け取り、小箱の蓋を開き、大事にしまって鍵をかける。そんな所作を思い起こす頷きだった。

ある日、週末に軽い風邪を引いたのだと僕は話した。微熱と鼻水、喉の痛み。ぴったり土日のうちに治ったので学校は休まずに済んだこと。話している途中で、ゾウのおばあちゃんが唐突に口を開いた。かすれた声ははじめ聞き取ることができなかった。ふたえ。僕が聞きかえすと、ゾウのおばあちゃんがそう呟いた。天くんは、風邪を引くとまだ、二重になる？

そのとき、ずっと幼かったころの記憶が唐突に頭によみがえった。いつかの冬、僕は風邪を引いた。えり叔母さんやゾウのおばあちゃんの家で寝こんで数日を過ごした。生姜粥、絵本やおもちゃ、窓のそとに降っていた雪。匂いや、肌に触れていた布団の感触、熱でぼやけていた視界の曖昧さまで伴う、強烈な記憶だった。

一挙に押し寄せてくるイメージに激しくなった鼓動を落ち着けてから、ゾウのおばあちゃんに尋ねた。覚えてる？　たぶん幼稚園ぐらいのころ、風邪を引いて、看病してくれたこと。ゾウのおばあちゃんはゆっくり顔をこちらに向けて、僕の目をみた。すこし潤んだ黒い瞳が天井の蛍光灯を反射していた。

あなた、たくさん泣いてね。ゾウのおばあちゃんが言った。口もとには微かに笑みが浮かんでいるようにもみえた。それから短い間があって、ゾウのおばあちゃんが呟いた。さりかちゃん。そして窓のそとに目を向けた。まるでそこに過去の出来事が投影されているみたいに、じっと眺めた。その名前を聞いた瞬間、胸の奥底を硬いなにかが打ったように感じた。沈んでいたたくさんのものがきらめく湖面に向け、一斉に浮かびあがってゆくようだった。

その夜、僕は父と暮らす部屋の押し入れをあちこち漁った。もう日の目をみることもなさそうな古いファイル類や雑誌の束を押しのけて、ダンボールを開いては探り、目当てのものがみつからないとまたガムテープで閉じた。ビニールに包まれたたくさんの衣類もあった。なかには生前の母が着ていた洋服もあった。すこし手に取って眺めてみたいような気もしたけれど、いまはちがう目的があった。

父がやってきて、どうしたんだと僕に尋ねた。父は以前よりいくらかふくよかになっていた。まるでちいさいころの僕のぜい肉を時間をかけて父が受け取ったみたいだった。父も探しものを手伝ってくれた。古いオーディオ機器や壊れたビデオデッキなどが詰められたプラケースのなかに、それはみつかった。型落ちしてずいぶん経つゲーム機。すぐそばにソフトもあった。それはいつかさりかちゃんと一緒に取り組んだ、あのゲームだった。

僕はゾウのおばあちゃんと幼いころの話をするようになった。思い浮かぶことをばらばらに話していると、ゾウのおばあちゃんは当時の記憶と照らし合わせて、僕の知らなかったことまで教えてくれた。そうしているうちに、思いがけない細部がよみがえることもあった。かつて捉えきれなかったじぶんの気持ちが、いまならば理解できるような気がした。

そうして記憶の空白が埋まってゆくとき、はじめこそ数学の問題を解けたような快感が伴った。しかし、次第に胸は重たくなった。輝かしい瞬間が思い出されるほど、結局はそのあとにたどった顚末に深い影が落ちるようにおもえた。

ゾウのおばあちゃんが二度目の手術を受けた。まだ若そうな体格のいい医師は手術そのものはうまくいったと説明した。けれど術後のゾウのおばあちゃんは、いつもべッドのうえで酸素マスクをつけていて、髪は乾いて絡まり、容易に梳《と》かすこともできなかった。病床の少ない病室に移されたことで窓から遠ざかり、蛍光灯のさみしい光しか受けられなくなった。僕は黙ってゾウのおばあちゃんのそばにいることが多くなった。

　押し入れから出てきたゲームで僕は遊びはじめた。テレビとゲーム機をコードでつなぎ、ほこりを払い、ソフトを挿して電源スイッチを入れると、暗い画面に静かにゲーム会社のロゴが浮かんだ。リズムよく鳴る馬の足音が聞こえたときにはもう、僕はまるでかつて自分自身の目でみた景色をまえにするような感覚で、ゲームのなかの世界を郷愁とともにみつめていた。大きな月が沈み、薔薇色の朝焼けが草原に広がる。馬の背からお尻に伝わる振動を、僕は知っていた。顔を撫でてゆく明けがたの風の冷たさまで、幼かった僕ははっきりと思い描いていた。

　テンという名前のセーブデータを呼び起こす。夜だった。緑色の服を着た勇者は、草原の小高い丘のうえに立っていた。すぐそばの地面が膨らみ、なにかが蠢くのが目に入る。ガイコツの敵が起き上がって、こちらに迫ってくる。僕は敵に向けて剣を振り下ろした。骨が赤く染まり、ダメージを与えられたことがわかる。もう一度剣を振ると、敵はばらばらに砕ける。つぎの敵も、そのつぎの敵もおなじように倒した。剣の振りかた、そのタイミングを、僕の手はしっかりと覚えていた。

　向かうべきさきはわかっていた。森の奥深く、朽ちた神殿のさらに奥にある、錠で閉ざされた大きな扉。しかし実際に進むと記憶の曖昧なところが多く、森を抜けるのに苦労した。簡単だよ。そんなとき、さりかちゃんがかつて口にしたその言葉が、鮮明に頭をよぎった。敵の位置、置かれている壺の数、壁の色、あらゆることがヒントになるのだと僕は教えられた。やがて神殿にたどりつき、なかへはいる。吹き抜けになったホール。飛びかかってくるコウモリたち。

　六歳だった僕が引き返していった道を、僕はまたさらに引き返して神殿のなかを進んでいった。やがて鍵のかかった大きな扉のまえに僕は立った。メニューボタンを押して、持っている道具をたしかめる。十年の時を経ても変わらず、鍵はそこにあった。かつて宝箱から取り出したままゲームそのものを放り出してしまった、あの鍵だった。僕は扉を開いた。円形の部屋の中心に近づくと、巨大な蜘蛛に似た敵が天井から落ちてきた。奇声をあげ、地響きを起こしながら近寄ってくる敵の動きをじっとみる。長い脚に薙《な》ぎ払われてダメージを受けながらも、かならず弱点があるはずだと観察する。機をみつけて近づき、勢いよく敵に飛びかかる。

　僕はゲームに没頭した。勇者のまえに広がる景色に目を凝らし、その体の動きにじぶんを重ねた。しかし時折、コントローラーを手にする自分自身を、ずっと遠くの背後から眺めているような感覚がした。そこにいるのは、あのころの僕だった。すこし太った、でもやっぱりまだちいさな子どもが背中を丸めて、テレビ画面にかじりつく姿だった。表示される説明文を読むのにも手間取り、何度教えてもらってもうまく操作できずくりかえし命を落としながら、それでも憧れている女の子のように、知らぬうちに立たされた世界で生き抜くために知恵を絞る、六歳のじぶんがそこにいた。

ゾウのおばあちゃんは酸素マスクが取れて、短い会話ができるようになった。僕らはハロウィンの話をした。あのへんてこな衣装。ゾウのおばあちゃんがそう呟いて、口もとだけの笑みを浮かべた。あの衣装は、うちの押し入れにしまってあるから。僕はその言葉に頷く。あまり長く話させてはいけないとおもい、しばらくのあいだ黙って時間を過ごす。

ゾウのおばあちゃんはたびたび体調を崩した。平たく言えば風邪を引いているのだと医師は説明した。そのころには、ただ静かでいるのとはちがう衰弱した様子が傍目にもわかった。遠方に住むゾウのおばあちゃんの親戚たちがときおり見舞いに訪れた。あんなに細くなっちゃって。病室を出た親戚たちがそう賑やかに言い合うのを耳にした。あるいは元気だったとしても、ゾウのおばあちゃんはこの親戚たちをそれほど喜ばなかったかもしれない。僕は内心でそんなふうにおもった。

やがて僕はゲームをクリアした。世界を敵で溢れさせた諸悪の根源を倒し、姿をくらませていた姫と再会した。崩れかけた城から抜け出すためにともに螺旋階段を駆け降りていった。エンディングの場面、主人公の勇者と姫は抽象的な青い世界に浮かび上がった。そこで姫がたどった日々や、世界の理《ことわり》が明かされていった。

それはさりかちゃんとふたりでいつか、ゲームの攻略本の最後に近いページに載るほんのちいさな画像でみた場面だった。僕はハロウィンの夜にみた光景を思い出した。それに父との旅で朝、カーテンの向こうに広がっていた景色を思い出した。ゲームをクリアしたらきっと、不思議な景色のことがわかる。さりかちゃんとそう話したことを覚えていた。

勇者と姫の会話をつぎに送ることも忘れて、ふたりが青い世界に浮かぶ画面を長らく眺めていた。あらためて遊んでみると、物語の筋書きはいくつかの童話や神話を寄せ集めた、ありきたりなものだった。CGの映像もまた最新のゲーム機の壮麗なものからはかけ離れていた。表現されている世界の美しさも、暴力も、痛みも、すべてがはっきり言ってまがいものだった。

けれど六歳だったあのころの僕の目には、ほとんど完璧に現実を写しとっているとおもえた。もしも六歳だった僕がゲームをクリアして、この青い世界に浮かぶふたりの映像をみていたならば、いまとはちがうことを感じたかもしれない。あの青い世界の秘密を見出せたかもしれなかった。しかし、いま、そのようなことは起きなかった。あの日、僕は朽ちた神殿から引き返した。そうしてもう取り返しのつかないほど長い時間が流れていた。

　ゾウのおばあちゃんの病状がこれからどうなるか、わからなかった。それは僕に隠し立てをしているわけではなく、父にも、若い医師にも、たしかなことは言えないようだった。ゲームをクリアした僕は、入院さきの病院を訪れては、ときに目を開き、ときに目を閉じているゾウのおばあちゃんに、感想を得ることはできないままそれでも昔のことを話した。相手がそのような状態だからこそ気ままに話せることもあった。

　母がいなくなってからこれまで、生きることは忙しいと僕はおもいつづけてきた。もしかしたらおばあちゃんもまた、そんなふうに感じてはいなかっただろうか？　目を閉じて眠っているはずのゾウのおばあちゃんに向けて、僕は問いかける。返事はなかった。とてもゆっくりとしたリズムで、短く吸っては短く吐く呼吸をゾウのおばあちゃんはくりかえしていた。かつて窓のそとの雪をふたりで眺めていた遠い日、ゾウのおばあちゃんの瞳の向こうにみた、雪原の景色を僕は思い出した。どこを目指すわけでもなく雪原を渡りつづけていたゾウはもう、その歩みを止めかけているのかもしれなかった。

いつかきっと、いろんなことがわかるようになる。ゾウのおばあちゃんがまだ幼かったころの僕に言った。はじめに言ったのははたしてゾウのおばあちゃんだったのか、べつの誰かだったのか、それはもうわからなかった。けれど、二度目に僕に伝えたのはまちがいなく、ゾウのおばあちゃんだった。あのときゾウのおばあちゃんは、いつかわかったら教えて、とつづけた。僕にだけわかるものがあるはずだとゾウのおばあちゃんは言っていた。でもゾウのおばあちゃんに教えてあげられるようなことがあるとは、十年ちかくが経ったいまでも、僕にはおもえなかった。

えり叔母さんとともにゾウのおばあちゃんのお見舞いをしたある日の帰り道、僕はさりかちゃん親子のことを尋ねた。えり叔母さんはすこし驚いたような表情を浮かべてから、ときおりする電話で聞いたという近況を話してくれた。大阪に移り住んだのち、さりかちゃんのおかあさんは昔馴染みの友人と再婚した。さりかちゃんはかつて宣言したとおりに熱心に勉強をつづけて、有名な進学校に合格することができた。けれど、彼女は高校生になってから、学校に行くことができなくなっている。えり叔母さんはすこしためらいつつ、そのようにも話した。さりかちゃんはその胸のうちをおかあさんにも、学校の先生にも、誰にも語らず、ほとんどの時間をじぶんの部屋のなかで過ごしているそうだった。

僕らは五歳から六歳にかけてのたった半年、おなじ幼稚園に通っただけの友だちだった。おなじように短い期間よく遊び、それから疎遠になっていった相手ならば、小学校にも、中学校にもいた。なにかのきっかけで、あるいはきっかけを必要とせずとも顔を合わせる頻度が減り、べつの誰かと時間を過ごすなかで、思い出すことすらなくなってゆく。胸のうちにあったそのひとの居場所がすこしずつ減ってゆく。

僕にとってさりかちゃんは、またさりかちゃんにとっての僕もまた、そうしたたくさんのうちのひとりにちがいなかった。それでもいま僕はどうしても、彼女のことが気に掛かった。いつしか祖父が、さりかちゃんは僕の初恋の相手だと言った。そうかもしれない。でもそれだけではない。あのころの僕は、あるいは父は、えり叔母さんは、ゾウのおばあちゃんは、おもうよりもずっと危うい日々のなかにいた。あのころの僕にとって、世界は一度終わってしまったのとおなじだった。僕らはまたあらたに世界をはじめなくてはならなかった。さりかちゃんが飛行機に乗ってやってきたのは、そんなさなかのことだった。

えり叔母さんの助けも借りながら、僕は記憶を探ることをつづけた。でもどのようにしてもそれは五歳や六歳の曖昧なものでしかなく、思い出は歯抜けで、かとおもえばいびつに絡まり合っていた。当時感じていたとおもえることは、いま感じることの投影にしかならなかった。古い技術で作られたゲームとおなじつくりものの景色だった。

しかし、ちがうように感じることもあった。寄せ集めの断片をあれこれ並べてみるとき、知らぬ間にみえない糸が渡り、互いに結ばれる瞬間があった。胸のうちにちいさな光が生じて熱を持った。そこにはすくなくともなにかが息づいていた。記憶を思い起こしている現在の僕自身にまで訴えかけ、動かし、飲みこもうとさえするなにかがあった。

お見舞いの合間、自動販売機のある談話スペースでふと思い立ち、僕は携帯電話を開く。じぶんの家の最寄駅から新大阪までの経路を調べ、その距離を、要する時間を眺めてみる。それはとても遠い。そして、貯めたお小遣いのぴったり半分の料金が示されている。けれど二百キロを超える時速で二時間以上をかけてたどったさき、僕の知らないどこかの家の部屋のひとつに、たしかに彼女はいる。塞いだ胸のその内側で、きっと言葉にならないさまざまな思いを嵐のように渦巻かせている。

僕はひとときき目を閉じて想像してみる。すさまじい速度で車窓のそとを流れてゆく景色。木々、電線、誰かの住む家々。近いものほど瞬く間に姿を消し、山並みなど遠いものほど長く視界に留まる。僕はひとりで新幹線の座席に座っている。彼女に伝えられる言葉がじぶんにあるだろうかと、考えを巡らせている。

ふいに、ずっとさりかちゃんに尋ねてみたかったことを思い出す。空の上でどんな景色をみた？　そもそも僕がさりかちゃんに憧れを抱いたきっかけは、彼女が飛行機に乗って、途方もない距離をたどってきたことだった。親しんだ場所を離れ、新たな土地へ向かう飛行機で雲を見下ろしながら彼女がどんなことをおもったのか、知りたいとおもった。

雷鳴を耳にした気がして僕は目を覚ます。しかし、車窓のそとは雲ひとつない晴天のままで、木々や電線や家々が変わらず押し流されている。じぶんの意思をこえた速度で景色を横切ってゆくことが、なんだかすこしおそろしく感じる。ほかの不安もそこには入り交じっている。僕がふりかえってきたすべてはやっぱり、自分勝手なつくり話でしかないのかもしれない。スノードームのように輝かしかったはずの思い出をみずから踏み荒らしてしまっただけなのかもしれない。あのころの僕が目にした景色と、あのころのさりかちゃんが目にした景色。十年経ったいまそれらがどれだけ像を重ねたままでいるものか、僕ひとりではもうわからない。

　隣席の客が弁当の包みをがさごそと開く音。おなじ車両のどこかで若い男女が賑やかに交わす声。トンネル内で反響する低い唸り声のような走行音。どれもが耳障りで、同時にどこかのスイッチを押せば簡単に消すことのできる、頼りない音にも感じられる。

　足もとに置いたリュックに手を伸ばして、底にしまってあるものを取り出す。カセットはゲーム機がなければ意味をなさないけれど、それでも僕はそれを膝のうえに置き、手のひらを重ねる。目を閉じる。周囲のざわめきが徐々に遠のくと、暗闇にゲームの画面が浮かんでくる。コントローラーを動かさずとも、勇者は走る。馬の背に勢いよくまたがって、掛け声とともに横腹を蹴る。風を受けながら高い丘を登り、また下ってゆくそのたしかな足取りは、たとえ空想のなかであれ、僕の不安を少しずつ鎮めていってくれる。

　まもなく夜が明ける草原を横切りながら、頭にはさまざまな景色や考えが浮かんでは、また沈んでゆく。ゾウのおばあちゃんのこと。父のこと。母のこと。そしてさりかちゃんのこと。記憶はいつでも静かにうごめき、現在の僕になにごとかを訴えつづけている。暗い夜の闇がすっかり払われる直前、世界は青色に染まる。しかしまもなく太陽が地平線に接すると、今度は鮮やかな赤い光が青色を払ってゆく。そうした空の移ろいがなんら珍しいものではないことを、いまでは僕は知っている。空はそのようなことをくりかえしながら、世界の様相を絶えず移り変わらせる。僕にはそれを止めようもなく、ただ見上げていることしかできない。

目的地にまもなく到着することを車内アナウンスが告げる。平板な声を遠くに聞きながら、僕はじっと目を閉じたままでいる。雪片が舞い落ちたような気がして、地平線へと視線を移す。あのころの僕が草原を遠ざかってゆく、その後ろ姿を僕はみている。

初出　「すばる」二〇二四年三月号

装丁　アルビレオ
写真　中川正子

小池水音　こいけ・みずね

一九九一年東京生まれ。慶應義塾大学総合政策学部卒業。二〇二〇年「わからないままで」で第五十二回新潮新人賞を受賞しデビュー。三作目「息」が第三十六回三島由紀夫賞候補作に。同作とデビュー作を収録した初の単行本『息』は第四十五回野間文芸新人賞候補作となった。

あのころの僕《ぼく》は

2024年9月10日　第一刷発行

著　者　小《こ》池《いけ》水《みず》音《ね》

発行者　樋口尚也

発行所　株式会社集英社
〒101-8050 東京都千代田区一ツ橋2-5-10
電話　03-3230-6100（編集部）
03-3230-6080（読者係）
03-3230-6393（販売部）書店専用

印刷所　大日本印刷株式会社

製本所　株式会社ブックアート

ISBN978-4-08-771880-5 C0093